虹CrossOver

上海世纪文睿文化传播公司 出品

Good Bye.Misty City.

跟踪 ∞

艾成歌_著

世纪文景

世纪出版集团 上海人民出版社

虹Corssover 书系总序

身为一道彩虹 ■艾成歌

“虹”小说的概念，最早出现在我二〇〇八年的某次旅行的沿途风景。它原本定位于我主编的“花风”书系的旁支，主要以发现、策划、出版优秀的原创小说为内容主旨，是“有糖”提倡的“轻文艺”概念的一个重要组成部分。

我们以自然现象来为“花风”系列命名，比如已经出版的《橘月•初梦》（风）、《文月•青岚》（闪电），尚未出版的音乐特辑《时间雨》等，我们努力临摹自然之美，诚意带给读者些许自然之力。但由于种种原因，“花风”系列进展缓慢，也导致“虹”小说的无限期滞后。

这像极了“虹”本身的特质，彩虹是苦等不来的，它总会不经意地出现。我们终于得到了机会，让“虹”小说从“花风”独立出来，跟广大读者见面。

那么，究竟什么是“虹”小说呢？它不应该像风（太过柔软又太过激烈），也不应该像闪电（跟着就是雷人!），更不应该像雨雪（连绵漫长，缺少变化，“跟风”而动。），“虹”小说，如同字眼本身的涵义，美丽乍现，短暂易逝，但只要你得以一见，见识过那种美丽，便再也不会忘记。

“虹”小说的概念雏形是：以数个不同风格的文艺作者的个人风格（魅力）、每本故事气质的代表一种象征色，组成系列，故名“虹”。以包容不同风格，易于阅读，故事性强为基准的文学书系。后来，我们又给它加了一个后缀——Corssover，至此，“虹”小说终于有了完整清晰的面目。

虹：光的现象，是由小水球经日光照射发生折射和反射作用而形成的彩色圆弧，由外圈到内圈呈红、橙、黄、绿、蓝、靛、紫七种颜色。出现在和太阳相对着的方向。

Crossover：跨界、跨越、超越、交叉和融合。让原本毫不相干甚至矛盾、对立的元素，擦出灵感火花和奇妙创意。

虹的每一种色彩都代表了小说的某种特点、气质、情绪，代表了每个作者最纯粹的颜色。

Crossover不仅是跨越在生活之上的彩虹，它更是连接作者与读者之间宛如彩虹的一座桥。

当魔幻、青春、言情、冒险、悬疑等数个类型包含在同一个故事之中，当电影、剧集、音乐录影带、流行歌曲通过文字呈现在同一个平面之下，当新潮思想前卫生活与经典故事永恒主题碰撞之际，小说再不能单纯地被类型化模式化，它将在新理念的作者笔下呈现出“进化”之势。

这就是“虹Corssover”书系。身为一道彩虹，只想把最好看的小说，就这么不经意地带给你。

目录 list

01 马路天使

Angels on the Road

如果用烟城话来讲，段小弗这个人会被人称为“一王”，所谓“王”，也就是人精，地头蛇。在烟城，说不清楚这称谓的好坏，类同地痞、流氓、赌徒，算得上是烟城一大特产。段小弗的出众之处在于她彼时还是个少女，还是一副无瑕的模样，后来她成为我的女朋友，我频频后悔却已经欲罢不能，段小弗把我的生活推翻、分裂，把我十几年的平静燃烧开来，我才看到平静之下，全是暗涌。

其实在很长一段时间里，我一直相信段小弗就是我的天使，有一天会在我面前张开巨大洁白的翅膀叫我瞠目结舌。还有的时候我觉得我就在出演一部错综复杂的悬疑电影，我们的故事有条不紊地进行着，结尾什么样却无从知晓，我作为英俊倜傥的男主角，被类似王家卫这样的导演玩于股掌，也只剩下卖力演出这条路可走。

段小弗显然是所有故事的源头，毫不夸张地说，是她拉开了烟城未来二十年的时代序幕。我始终记得那时的她，身体幼小，一九九八年，十八岁，还在十四中读书。她有两个外号，学校里她叫做“食神”，与班上另一个“睡神”苏娅齐名。她从早读课开始吃零食，一直吃到傍晚放学，放学了路边摊再一路吃过去，令人咋舌。奇怪的是她从来都吃不胖，据她自己说她的体重从来都在九十斤以下，这点我倒是可以作证，我每次抱她都感觉到两根木棒“咣”地撞到一起，还伴有回声。段小弗的另一个外号叫做“四平街差王”，“差”在烟城话是欠的意思，段小弗在四平街欠了很多人很多钱，杂货铺、饭馆，甚至是布店、寿衣店。我跟段小弗在街上逛的时候，她会随便指着四平街的一家店铺说，我欠他们家钱。她说得那么理直气壮仿佛这是一种荣耀，而我则无数次在梦里被各种人凶残追债。我醒过来，想明天我就跟段小弗分手算了。这念头通常持续不了半分钟，那时候的我，心智渐失，几乎痴恋上了段小弗。

段小弗整个人总是很有戏，她总有本事让事情不落入俗套。其实我也很有戏，只是我希望待在小地方小角落小空间在两个人身上发掘出潜在的胶着，像一出文艺片，而段小弗希望一切都大鸣大放喧哗过街像热闹的动作片。段小弗说她喜欢我年纪轻轻就整天板着脸不爱说话，那叫一个酷。

故事讲到这里，不得不回溯从前，回到我跟段小弗突然又必然的相恋。

我们其实早就彼此认识。拥有共同的交际圈子，混迹于同样的公共场所，甚至去酒吧喝酒搭过同一张桌子。我对段小弗最初的印象就是非常与众不同，那时候我周遭的女孩子全都披红戴绿，打扮得像是要登台演出的三流歌星。我却总见到段小弗穿一件黑T恤、一条黑牛仔裤，在舞厅里只看到两只眼睛忽闪忽闪。我曾经有意无意观察过她，段小弗的脸上总有一种不可捉摸的表情，叫人非常有兴趣去探究她的存在，她写在脸上却又藏住大半的故事。跟她恋爱之后，我才渐渐找到了答案，其实段小弗是时时刻刻都在琢磨，她在想如何标榜自己与众不同，还有就是怎么样把一件平凡无聊的事情变得充满趣味。

有一天晚上我们终于说上了话，在一个叫“蓝月”的歌舞厅。开场跳舞大约十分钟，我听到有人叫我，扭头一看竟是段小弗。段小弗手上夹着一根摩尔，黑衣黑裤像个杀手。她问我有火没有，我说有，然后翻遍全身上下的大小口袋之后又说没有。说来也是离奇，我那时候烟瘾极大，本来平时口袋里至少也装两个火机，我说没有之后段小弗抿嘴一笑，顺势坐到我面前，把目光放到舞池上，也不再跟我说话。

我跑到朋友的桌子去借了个火机，再跑过来给她把烟点上，她说谢谢，然后又扭过头去。我们彼此都没有再说话。

我开始期待，一阵忐忑，之后变成了惋惜，这么好的搭讪机会眼看就错过了，懊悔不已。

却不想临舞厅散场的时候发现段小弗在门口等着我呢，她说：“我觉着你挺好的，你做我男朋友吧。”

我在门口的台阶上突然站住，歪头笑了笑，竟答应了。之后又问：“你知道我是谁吗你？你敢找上我？”

"你不就以前三中小霸王嘛，我早就认识你的，你还是我们班上那个楼静的初中同学。"

我没有再说什么，黑暗里我眨眨眼，咧开嘴，那意思就是，与您一样，久仰大名。

之后我们跑到街边的长椅子上聊了半天，大约到了凌晨两点，我们手拉手从长乐路走到万福桥，我说坐车回去吧，段小弗说你就这么想跟我分手啊，不行，你得送我回家，用走的。

我只得答应，于是我们开始从城市的一边走到另一边。我们走了很久很久，走过一条条马路，一道道巷子，走过漆黑黑沉睡的一幢幢房子。我牵着她的手，她每过一条路都能说一个故事。走了不能计算的一段距离，走到最后我都不再觉得累，一直走到段小弗生长的四平街。那时候的我，第一次知道城市是这么的大，而走路是一件这么重要的事情。

我跟段小弗很快就陷入到美妙的恋爱之中。实际上跟段小弗这样的女孩子恋爱，会觉得每一天都像是过圣诞节，每一天都会有人送神秘的礼物给你，虽然这在别人眼里被看作怪异，不合情理。但我那时候前途黯淡、心事重重，有段小弗整天逗我开心，伴我发疯，就像失意人抽上了鸦片烟，我上了瘾。

我也渐渐熟悉了段小弗，我的生活又渐渐变得像一部韩国电影：比如她在学校的食堂大声朗诵我给她写的肉麻情书；她上课的时候我翻墙摸进她的学校就为了给她送一包面巾纸；她帮我介绍新女朋友结果搞得人家女孩子发誓再也不理我，却跟她成为闺蜜；还有诸如流连童装店、去百货公司买光历年的库存气球、在广场的蓄水池里养金鱼等等，太多的情节，我本以为我会终身不忘，却难免逐渐模糊，蒙上一层又一层时间的灰尘，叫我永不能忘怀的，只是一条条的马路，只是马路天使段小弗。

我叫她马路天使，是因为我发现她对马路或者说是走路有着特别的喜好。从我们认识的那天晚上开始，每天晚上只要没有特别重要的事，她总是拖着我在大街上，在一条条马路上来回地走，还不时出点状况以吸引别人的目光。我们像这样手牵手，从人民路走到黄山路，从冷清的秋天走到寒冷的冬天，走到深夜城市里像空了一样，那时候，我还以为我们能一直走下去，走到所谓的未来又或者是地老天荒去。

某一个晚上，我们在饭馆吃完饭，段小弗拉着我的手要出去走走。我陪着她一路有说有笑走过几条街，在长平路中间，三蓝超市门口她突然停住不走，我们的电影突然出现了突兀的转折。

我看到她停住不走，于是也停下来，她望着刚走过的一群人似乎有点出神。我走过去，问她，怎么了？

我问了好几声她才回过神，她眼珠一转，说：“小双，今天我们玩点不一样的？”

我诧异地问：“什么不一样的？”

“你跟我来就知道了。”她拉起我的手，一阵小跑之后突然停下，然后对我说，“你看到前面那个男人了吗？”

我看到前面一个男人，大约三十多岁的样子，背微微驼，穿一件灰蓝色大衣，一个人在前面默默地走。我问：“怎么了？你认识？”

“我哪认识这么老的男人，他刚迎面走过来，你猜他在干什么？”

“干什么？”

“他在哭！”

“哭？”

“是啊，这真有意思，我决定要跟踪他。”说完也不等我回答，段小弗拉着我跟着那个男人就走。

我跟段小弗就这样开始了危险却刺激的跟踪生涯，这正是我关于跟踪故事的最开始。

我们跟着那个男人走了几条街，我便知道这个男人一定满怀心事：他一直在漫无目的地走，他似乎就是想走走来舒缓自己的情绪。我跟段小弗远远跟着他则是又兴奋又紧张，我们都觉得这实在是一个非常好的娱乐方式——每个人都有不同的故事，他为什么哭泣，她为什么买醉，他为什么突然一个人笑起来，自己可能无从察觉，但旁观者看起来就像是看电影，谁不喜欢看电影。

所以当那个男人在离江大桥上停住不走抽烟的时候，我便和段小弗热烈讨论起这个人（这部电影）。我说这一定是跟老婆吵架了，段小弗却说你怎么知道他结婚了啊？我看多半只是失恋而已。她这么一说我一下乐了，大男人失恋这可真有意思。讨论到最后我们达成一致的一定是因为感情问题，要不他不会这样孤零零地一个人走在寒冷的冬夜里。

我们都沉默地观察那个人一会，仍在那闷头抽烟，男人没有离开的意思。段小弗说，我觉得吧，我们应该一直持续地跟着他，一直到知道他到底发生了什么，一直到结局出现为止。

段小弗提到结局，我没有多想，只是点头同意，转念想到，说我们今天晚上跟着他，可明天该去哪找他啊？

段小弗说你傻啊，晚上跟他回家，明天白天你起早点，在他家门口等他，一天就行了，你看他的打扮，就知道他生活肯定特有规律。

挺厉害啊，挺有逻辑推理能力的，我心理这么想，嘴上却说，这下我成特工了。

“不，是戚神探。”段小弗呵呵笑了，之后一直笑，特别高兴的样子，说，反正你白天不也没事干，省得去跟人打牌，把钱都送给别人花。

我不置可否地叹气，段小弗则摆出了一副赢家的样子。

男人抽了大约五根烟之后离开了桥头往桥底下走去，段小弗让我先跟着，然后才跟上来，我说你这是去哪了？段小弗摊开手心，我一看，是一个烟蒂。段小弗说，中华，有钱人啊。

男人下了天桥之后拦了一辆出租车朝城南方向开去，我跟段小弗拦了一辆车跟在他后面。之后他停在某一个小区门口，我们跟着进了小区，反复确认他住几幢几单元几零几之后才离开，这一晚，我跟段小弗都很疲倦，我们没有再进行例常的环城旅行，各自分头回家去了。

这是我们跟踪梁功明的第一天。

第二天六点半不到我就被段小弗的电话吵醒，段小弗说你别睡过了赶紧去跟着，我梳洗之后跑到昨天晚上那男人进到的小区，蹲在暗处等了半天。大约八点半的时候那个男人果然从里面走出了来。我跟着他乘坐的蓝色计程车一路到国贸大楼，这个时间到这里估计着他应该是在这里上班的，他进了楼之后上了电梯，我慌忙跟上，电梯里很挤，我忍不住观察他的样子，每个男孩子都渴望变成的一张脸。

他从十一楼下，我坐上十五楼又折回十一楼，看到那是个规模不小的商贸公司。然后我再小心翼翼地下到一楼，发短消息给段小弗报告刚才的情况，结果她指示叫我跟大厅的前台小姐打听那个人，我望了望是个挺漂亮的姐姐，二话不说就走了过去。

没说几句话，那女孩就把我想要知道的告诉了我。

那个男人叫梁功明，立马贸易公司的一个部门经理，是非常普通的一个白领。

把这个信息转达给段小弗之后，段小弗指示我接下来的时间还不可以自由活动，要随时在国贸待命。

我问她，为什么？我下班前在门口提前等着不就行了吗？

段小弗发过来短信的语气很严肃，说，不行，万一他中途外出办事呢，万一办完事直接下班了呢？

虽然有些生气，但我想了想，又觉得她说的也算有道理，既然要跟下去，就得认真细致一些。

我们的生活就这样多了一件还算重要的事情，跟踪一个完全跟我们不相干的男人。跟踪行动多半都是从晚上八点开始，一直持续到梁功明回家睡觉，我们就算完成了一天的任务。通过前几日我的全天候跟踪，我们发现梁功明这个人的生活极其有规律，朝九晚五，出外应酬也只是吃吃饭，吃饭也固定在一个饭店，无论从哪方面来看，他其实都是一个特别容易被跟踪的人，当然，在那些职业跟踪者的眼里，他没有丝毫被跟踪的价值，而对于我跟段小弗，我们只是娱乐而已，他毕竟是我们第一个跟踪对象。

这前后大约有半个月的时间，梁功明还是一点变化没有，上班下班、吃饭走路，如果非要说有什么特殊的地方，那也就是他经常莫名地情绪不好，一个人四处乱走。走累了，他就待在一个安静的地方抽几根烟，这也就是我们初次跟踪他的时候他的表现，我慢慢变得兴趣索然，而段小弗则一直持续着非常亢奋的状态，仿佛在跟踪一个神秘的天外来客，在谜题还没有揭开之前，一切皆有可能。

我开始觉得我跟段小弗果然是段数不同的人，这份执著实在惊人。

那段时间段小弗一直心情不错，有时候让我觉得简直是有点高兴得过分。你怎么说她怎么好，之前的执拗脾气不见踪影，我开始有点奇怪，但因为已经习惯她的种种行为，也没有太过在意。我们分手之后，我才明白，就是因为我总觉得段小弗是那么稀少那么天下无双的姑娘，我才会那么蠢地花了那么长的时间陪她演了这么一出戏。

这场戏在一个平常的夜晚突然有了叫我措手不及的转折。那天我们照例跟踪那个叫梁功明的男人，我有点不舒服，跟了几条街之后我有点烦躁，我于是不想跟了，想回家。我跟段小弗说，今天我们就不跟了，先回去吧？段小弗说你身体不舒服，你先回吧，我还想跟会。我见她正在兴头上，于是一个人就先走了。我往家走到半路，心血来潮，又走了回去，我想我今天也跟踪一回段小弗。

段小弗并没有走远，她跟着的梁功明也没有走远，我远远看到他们两个人肩并肩走在一起，我不声不响地跟上去，他们两个走得很慢，街道很黑，只看到一高一矮两个黑影子，他们低声说着什么，像是多年不见的老朋友。他们两个走在每晚我跟段小弗都会走在的马路上，我的天使，我的天使她跟着那个男人。他们走过长乐路，他们走过万福桥，他们一直走到四平街，我跟在后面，把自己当成一个影子，一声不吭，小心翼翼，跟着自己的主人。

我很清晰地听到段小弗的声音，她说：“你看，我欠这家米店的钱！”

那个男人嗯了一声。

段小弗又说：“我妈叫我买米，我把钱拿来登寻人启示了，你看到没有？你看到了没有？”

那男人很爽朗地笑，然后轻柔地抚摩段小弗的头发。

他们两个人都没有发现，那一直跟着他们的影子，忽然蹲到了地上，一动也不动。

我蹲在地上很久，直到确定那男人已经离开，我走到段小弗家的门口，在青石台阶上坐了很久，后来我突然大声地敲段小弗的窗户，我失去了理智，我大声叫道："段小弗！你给我出来！你给我出来！"

段小弗，你为什么要这样做！

段小弗穿着睡衣开了门出来，看到是我，一下火了，说："你发什么神经啊？这么晚了，我爸妈都给你吵醒啦，这下我死定了。"

我红着眼睛，我说："你自己明白是怎么回事，刚才，我全都看见了。"

段小弗的表情一下沉了下去，我们彼此沉默了很久。她把我拉到一个无人的空旷的院子里，说："你都看见了。那我也不瞒你了，那个男人是我一直在寻找的人。"段小弗说着说着要哭出来，我不说话，她继续说下去，她说："你看过这么多的电影，你应当明白，当一个人总是反复做同样一件奇怪的事情，他必定是有其不可告人的目的，或者他有一个秘密，而我的秘密就是我去年遇见过这个男人，我们一见钟情，却彼此断了联系。我一开始花了很多钱去找他，后来便整天在街道上游荡，以为我可以遇见他。现在，你看到了，我真的遇到了。"

她说到这里我其实已经完全都明白过来，但我真的不愿意去明白——我只不过是个可悲的玩伴，而段小弗如我迷恋她那般迷恋着那个男人。段小弗还在一旁不知道在说些什么，我不愿意再听下去，只想赶紧逃离，永远都不要回来。

我说，我的天使，我们完了。

然后我头也不回地跑开。

那个夜里我像疯了一样在城市里游走，走过每一条我曾经和段小弗走过的街道，从长乐路到四平街，从宝台大道到西十字巷，从晚上十点走到凌晨六点，从人迹寥寥走到人们忽然都涌出来迎接新的一天。最开始的时候，我简直痛得想死过去，天亮之后我却觉得我或许是原谅了段小弗，我已经明白她走在这些街道的时候的那些心情。

让我再遇见你吧，如同初次的遇见，让我再遇见别人吧，那样就能把你忘记。

这之后的第三天，我终于答应去我父亲那里，去遥远的广州帮他打点生意。

又过了很久很久，久到我都不太记得段小弗的脸。我一直都记得段小弗最后那天晚上跟我说的那个电影，我一直都没有看到，那上面说当一个人总是反复做同样一件奇怪的事情，他必定有其不可告人的目的，或者他有一个秘密。我带着这句话总会一个人在各式各样的城市里漫无目的地游荡到深夜，从一条路到另外一条路，一个人孤零零走在夜色里像一个影子，我其实也有一个秘密，在这世界上某个地方的某条街道上，我的天使，曾经在我面前张开巨大洁白的翅膀，然后突然飞得很高很远，叫我再也看不见。

02 南方舞厅

South Wonderland

关于段小弗妈妈颈上的那道伤疤，长久以来，是四平街的一个心照不宣的秘密。段妈妈深居简出，不太与人结交，待人接物也始终与人保持距离。街上的小辈们都只知道她是段言中的老婆，是段小弗的妈妈。老一辈的人可能还会记得她带着一个女婴，操着南方口音在街边卖衣服的情景，再没过多久她嫁到了段家，住进了大院子里，更像是与外界隔离了起来。她颈上的伤疤，一开始是无人关心，后来是没人敢去管段家的闲事，再到了后来，也根本没有人再想去问了。

段小弗也是第一次仔细打量这道伤疤，夏日午后，妈妈关掉空调，电视开着，她却静静地睡着了，发出像婴儿一样的呼吸。十六岁的段小弗逃学出来，无处可去，只得回家。蹑手蹑脚回到家后，以为家中没人，却在客厅看见这一幕。

本想恶作剧在妈妈的脸上贴张标签纸，段小弗屏住呼吸，慢慢接近目标，越来越近，伸手可触，段小弗突然感性了一把，呆在了那里。

她从未仔细看过这张脸，那些起伏的轮廓，细细的眉头，长长的睫毛，小巧的鼻尖，单薄却倔强的嘴唇，耳边细细的绒毛，皮肤被阳光穿透几近透明，上面爬满一道道细细的皱纹。

还有那道伤疤，从左耳往下两三厘米，突兀地爬在后颈上，像一条虫子，又像是肖像画上的一抹败笔，更像一个秘密的烙印，预示着某些神秘过往的存在。

哪来的这道伤疤？这个疑问其实一直都有。她疼吗？这么想却是头一次。

段小弗缩回拿着广告标签的手，再关掉了电视，回自己的房间静悄悄看漫画书去了。

看了一会又放下，她听到客厅的动静，出去察看。

妈妈醒了，看见她，又是训斥，你怎么又逃课了？

段小弗咕哝着，下午四节课，数理化外加一节体育，会死人的。

妈妈说，你班上那么多同学，他们怎么都没死？

段小弗蹭到妈妈的身边，挽起她的手，可是我是你独一无二的女儿段小弗啊。

妈妈说，晚上告诉你爸爸去。

段小弗嘟起嘴，然后忽然想起了什么，她说，妈妈妈妈。

嗯？什么，妈妈扭头看她。

你这里，是怎么回事？

啊？没什么啊，以前不小心，留下了伤痕。

它是否有个故事呢？

哈？

是啊，书上说的，伤痕其实就是过去在身体上留下的印记，每一个都一定有个故事。

“故事啊……”段妈妈歪头想了想，“应该是有的吧……可是，我忘记了啊……”说完转身自顾自地去花园里给大铁树浇水去了。

段小弗闪闪了狡黠的细眼睛，虽然没有得到回答，她也明白，妈妈啊，你早晚要再想起来的，这个故事。

吃过晚饭，段小弗悄悄出了门，约了秦佳六点半在百花公园，她们打算去舞厅玩。

段小弗在公车上兴奋不已，她还依稀记得小时候爸爸带她去过几次舞厅，情景虽然早已模糊，但感觉仍在，现在几乎还能完全回味出——灯光刺眼，音乐震耳，阿姨们都很漂亮，像蝴蝶一样舒展四肢，翩翩起舞，时而隐没在黑暗里，时而露出明亮的眸子或者光洁的小腿，神秘极了，最后总像烟雾一样消散不见。

段小弗还问过爸爸，她们哪去了？

她们趁着黑暗，悄悄回到了座位上去了啊。

她们为什么不再跳了呢？一直跳下去，很漂亮的。

傻孩子，人不可能每时每刻都在跳舞啊，要上班啊，要去坐公车啊，要吃饭啊，人有很多很多的事要做，跳舞只是其中一件。

噢，我明白了，所以他们约好了时间一齐来这里跳舞。

真聪明，乖小弗。

想到这里，段小弗突然有些不好意思地笑了，甚至于脸也跟着发烫，她偷偷看着四周，好在并没有人在注意她。

百花公园站到了，段小弗再往前走几步，看见秦佳打扮妖娆地站在公园门口，正四处张望。

秦佳见她到了，说的第一句话是，你怎么就这样来了啊？

说得段小弗有些莫名其妙，什么这样哪样？

秦佳说你打扮打扮啊，至少穿条裙子啊。

段小弗说，我这挺好的，你别看我这样，一件也比你这一身贵，再说，我又没说我晚上要去跳舞。

秦佳说，嗳？那你去干什么？

段小弗说，你懂什么，我去混社会。

秦佳说，好了好了，随便你混社会还是混受罪，我们赶紧进去吧，大四在那等着呢。

两人就往公园里进，她们晚上的目的地就是公园里面的一幢楼，远远望去灯火辉煌，有一块巨大的蓝色霓虹灯招牌，上面写着“蓝月歌舞厅”，两个小女生心里都砰砰地开始跳起来，仿佛即将初次遇见喜欢的那个人。

在烟城，蓝月歌舞厅犹如市政厅，是一个没有人不知道的去处。几十年前便是著名的社交场所，改革开放后十几年，更是如鱼得水，虽然几易其主，其间大小祸事，各种是非，人命官司。可人总要跳舞的，于是金字招牌非但不倒，每崛起一次，更辉煌一时。

许多的少年都垂垂老去了，蓝月歌舞厅还有一张刚装修过的新面孔，许多姑娘都变成妇人了，蓝月还是最摩登的舞小姐，旗袍十二色，人生始终玫红色。

二十年前段言中从这里发家，二十年后他女儿的人生也由此开始，在这个长长的故事里，段小弗或者其他人，难忘的记忆里，都不能没有“蓝月”这两个字。

段小弗跟着秦佳，在门口售票处找着了大四，大四是两人的学长，是个一头往道上扎的混混。他知道段小弗的身家来历，二话没说，就给两个小姑娘搞了两张票。他虽然很小气，但是更势利。

穿过像地铁通道一样的门，再穿过火车隧道一样的拐弯，再抬头，不要眨眼睛，看着，新世界就在面前了。

段小弗吸了一口气，悄悄打量着周围，又去回想小时候那零星的记忆。一边的秦佳低低叫了一声，像是赞叹，声音被嘈杂的音乐声掩盖，只有她自己听见。

两个人都几乎是呆了一刻，才听见音乐，才发现对方也呆在那里。她们看见巨大的水晶灯，闪亮的舞池，还有舞池对面隐藏在黑暗里的人。

一同奔赴这场约会的人，有的人静坐不语，有的人来回穿梭，有的人站在那一动也不动，偶尔有人点烟，亮一下，还没看清楚什么，转瞬就熄灭。

还有像星星一样的烟火，以及烟火后面的男人们。

两人正不知所措，大四从后面出现，他扶了一把段小弗的肩，被段小弗厌恶地撇开，大四也不尴尬，带她们找个座位坐好，并嘱咐她们不要乱跑。

服务员过来点单，两个人在座位上坐定，彼此没有交谈，仿佛沉浸在音乐中——是一首从未听过的歌，微风一样，又像甜又涩的葡萄酒。但其实很紧张，段小弗看见秦佳正紧紧攥着刚送上来发烫的茶杯，而自己也已经一大口一大口快要喝完杯中的水，她有些想笑，或者真的笑了，太黑了，没有人看见。

一曲终了又一曲，两个女孩稍微大胆点，偷偷张望四处，有微弱光的部分，黑暗着的大部分，还有中心部分一直闪亮的舞台。

也看人。女人或浓妆艳抹，或举止迷人，男人或出手粗俗，或态度暧昧，而像她们这样的女孩或者男孩，很难归纳，气质复杂，却可能是最有魅力的人群，故事啊，一般都从他们开始。

段小弗想这真有意思，在耳边悄悄告诉秦佳，秦佳有些听不懂，嗯了几句。她听不懂，所以后来好戏上场的时候，她变成了观众。

两个人便在黑暗里等着开场舞，大四不知跑哪去了，再没认识的人。段小弗一直没动过，眨巴眨巴眼睛感受这一切，秦佳一会起身去厕所洗手，四下走动，四处窥探，终于在她拧水龙头的突然一刻，音乐突然变得激烈，光也变得激烈，那些躲在黑暗里的人纷纷起身，往一个方向涌去。

开舞了。

水龙头也没关，秦佳快速地奔向舞池，她很快地学会扭动腰肢，像个风骚的成年女人那样。

段小弗并没有出现在舞池中，她被另一件事物吸引了，像磁石一样，她动也不动，他也是。她看到，她感觉到，她知道，有一个男人正在看她。

她一动不动，在黑暗里微微颤抖，迪斯科轻轻摇动着她，她突然觉得害怕，她还是第一次觉得害怕。

十分钟后，秦佳不知道在舞池的哪一块跳舞，段小弗跟着那个男人跑了。两个人的故事彻底变成了段小弗一个人的故事。

许多年后，秦佳或许还记得，她第一次去舞厅是跟着出名的段小弗，但早已不记得那是哪一年哪一月，那个夜晚是怎么样的温度。段小弗是一直忘不了的，忘不了她十六岁夏末第一次去舞厅，她第一次害怕，第一次喜欢上待在黑暗里，第一次遇见一个男人而不是男孩，第一次觉得人生好像一场戏。她轻轻地，不出声地，遇见了将来的人生。

段小弗也不知道自己为什么要跟着这个男人。男人在黑暗里默默地看她，两个人保持神秘的暧昧与交流，突然男人起身，然后转身往门口走。段小弗下意识跟着他站起来，也往门口走，像是中邪，但更多是直觉，直觉告诉段小弗，跟着他，跟着他，跟他发生一个故事。

穿过火车隧道一样的拐弯，再穿过像地铁通道一样的门，穿过回旋楼梯，看见他的背，他黑发中夹杂的白头发，他被门灯拉长的影子，他停住，犹豫了一下，回头看着她。

段小弗终于看清他的脸，眉毛，眼睛，鼻子，嘴唇，突然想起了她的妈妈，想起下午细细看过的另一张脸，她对这个人产生了莫名的好感。

"你几岁了？"男人终于说话，南方口音，不是本地人。

"十、十八。"段小弗蹩脚地撒了一个谎。

男人没有再说话，两人隔着几步远，段小弗低下头去，去看球鞋上的泥点。

沉默了片刻，男人的CALL机突然响起来，男人拿过去一看，又看了一眼段小弗，段小弗也看着他。

“早点回家去，路上小心。”男人突然说了这么一句话，然后头也不回地走开。

段小弗没有再跟上去，她觉得有些难受，像被侮辱了一样，一个人在蓝月门口待了一会，她也不打算再进去找秦佳，一个人借着月光慢慢往家踱去。

男人的脸多次浮现，他多大了？他是干什么的？他穿几号鞋？他喜欢红色还是蓝色？他是否也在想着我……一路上的胡思乱想，还压抑着内心小小的，不知从何而来的甜蜜。

隔天段小弗又逃学，没找到秦佳，段小弗只好拉着另个女同学凤萍去逛街。

因为不是周末，街上的人稀稀拉拉，店家们不是在打牌就是在看电视。两个小姑娘在烟城的小商品市场，像税务局的人一样，一家店连着一家店逛，虽然无聊但总比读书有趣。

逛完了两人又到街尾吃东西，吃着吃着段小弗才想起来对凤萍说，对了，前天晚上我跟秦佳去过“蓝月”了。

啊？好啊！你们去也不叫我！凤萍装作生气的样子。

我们打你家电话了，你爸爸接的，我们就挂了。

凤萍唉了一声，又问，那，那好玩嘛？

段小弗说，也就那样啊，星期六我们再去，去了你就知道了。

凤萍说，好好好，想个法子搞定我爸爸。

段小弗一撇嘴，就说去看电影，我都替你想好了。段小弗嘴上说着，心却突然又想到昨天晚上，烟火跳跃的一眨眼，脸红心跳的一瞬间。

她正出神，听见凤萍叫她，小弗，小弗。

回过神来，忙答应着，什么？什么？

凤萍说，你妈妈，她手一指前方。却是空空的，一个人影也没有。

段小弗一看，说，你花眼了吧，我妈现在在家浇花呢。

凤萍不说话了，她明明看见的，段妈妈跟着一个男人，两个人在花鸟市场的门口，正在交谈些什么。

两人继续吃东西，边吃边说，段小弗说秦佳可真厉害，前天晚上也不知道遇见什么奇遇了，玩到十二点才回家。

凤萍说，肯定是遇见帅哥了，这丫头看见长得周正一点的男人就忘了自己叫什么了。

段小弗说，我那天晚上到现在还没碰见她呢，回头晚上打个电话问问。说真的，那里面灯光一打，是个人都要美三分，她的帅哥一出来暴露在正常灯光下，还不见光就死。

没准遇见一黑人，出来一看，还懊恼英文课都没听过半节啊，凤萍又胡扯。

两个人笑成一团，没过了一会，段小弗收到了秦佳的呼机留言：有人堵我，速回学校。

两个人慌忙回去学校，悄悄摸到小操场。已经放学了，秦佳躲在小操场边上的小卖部不敢出去。

段小弗赶过去，秦佳正在电话里跟人吵架。

等她打完，段小弗问她，谁啊？

秦佳说，大四啊，他非要我跟他谈朋友。

段小弗一听，扑哧笑了，说，真是癞蛤蟆想……

没等段小弗说完，秦佳又说，那晚你走之后，他见就剩我一人，就对我动手动脚，我一直跟他周旋到十二点，才脱身的。

这一下说得段小弗火了："人呢？刚我们在门口怎么没见到他？"

凤萍也说，是啊，不是说堵着你，不让你走吗？

秦佳说，肯定还在，躲起来了等我出去大概。

凤萍又问秦佳，你找人来解围了吗？

秦佳说，我表哥来不了啊，他最近腻一个女的叫苏戏，快疯了。

段小弗叹口气，男人都是靠不住的，算了，我跟凤萍出去看看，你在这等我们，顺便想想可以找谁来。

段小弗就跟着凤萍出去，一看大四果然带着一帮人待在校门口边上的小巷子里抽烟，看了就让人生气。

段小弗就要冲上去，被凤萍拉住，说，要吃亏的，到前面去想想怎么办再说。

两人来到前面马路边，段小弗说你怕什么，不入流的小混混。

凤萍说是不怕他，但现在我们三个女的，难道去跟他们打啊。

段小弗说，他不敢的。

凤萍说好啦好啦，还是叫人过来，本来可以叫段况白来的，但是我电话本没带，不记得他号码。

段小弗说，哎哟，你什么时候认识这人了？

凤萍说，前阵子一起吃过一顿饭，这人不错，很仗义，而且不下作。

段小弗说，现在找不到也是白仗义，要不叫我爸来吧。

凤萍说，算了吧，我可不想跟着你挨骂。

两个人正在马路边头疼，这也不是，那也不好，另一边躲在小卖部的秦佳就快要急疯了。

段小弗一抬头，忽然看见一个熟悉的身影——昨天晚上她碰见的那个男人，她还记得他的背影，他在对面的商店买烟。

段小弗心生一计，马上对凤萍说，凤萍觉得这太危险，但也挑不出毛病，两人于是分头行事。

段小弗闯红灯，与飞驰过来的桑塔纳擦身而过，几乎撞到骑车的大叔，那男人还没有转身，正在与卖烟的女人说些什么，段小弗悄悄地站到他的身后。

另一边，凤萍去找大四，跟他说，你快点走吧，段小弗找人来了，就在马路对面。

段小弗深呼吸，使劲攥一下拳头，傍晚时分的风微微有些凉了，她怯怯地翘起发烫的额头。

那男人转身，四处看了一下，虽然也狼狈地忘记拿下嘴唇上的香烟，但还是潇洒地微笑，扬手跟她打招呼，你好，又见面了！

段小弗尴尬地笑，说，好巧啊。

男人说，是啊，我在这等一个朋友，你在这读书吗？

段小弗说，是……是啊。

男人又说，那快回家吧，天就要黑了。

还是那句，快回家吧。

段小弗哦了一声，脚步未挪动分毫，她突然又有些害怕，只好低下头去看自己的球鞋。

男人看出了她想说什么，就问她，你有事吗？

段小弗抬起头，看了看他的眼睛，又低下头去，默了才小声地说，我……我有个女同学被小流氓堵在门口了。

男人的眉头皱了一下，掐灭手中的烟，带着段小弗往马路对面去，路过垃圾桶把烟头扔掉，等了一个红灯。

这一下打乱了段小弗的计划，本来她只是想在马路对面装装样子给大四看，没想到这个男人行事如此果断，二话不说人就已经要冲出去，段小弗一下不知道怎么办好，只能默默跟在后面。

过了马路，凤萍还是没出现，估计大四不信，双方还在拉锯。

男人一言不发，段小弗只得老实地带着他到暗巷子里，一看果然还在那里，凤萍一看段小弗把对面那个男人带过来了，呀的叫出声来。

男人扭头问段小弗，是他们吗？

段小弗小声地嗯了一声，站在原地不动了。

大四一群人看见段小弗带了个男人来，呼啦一下子围了上来。

男人动作迅猛，几乎在一瞬间擒住了大四的手腕，捏得他疼得叫唤起来，众人都看得呆了。

男人说，有什么出息，就知道欺负女孩子。

大四疼得说不出话来，段小弗看到这样，一下兴奋起来，在一旁跳跃起来，叫，狠狠教训他！最坏了，这帮人！

男人这时松手，对大四说，以后都不要出现在这个地方了，知道吗？

大四闷哼一声，不敢再造次，算是默认了。

段小弗开心地几乎没跳起来，凤萍说，我去告诉秦佳去。

段小弗送那男人到马路边，男人说我就去我对面朋友家，不早了，快回去吧，家里人要等你吃饭的。

段小弗嗯了一声，说谢谢你。

男人看她一眼，笑了，说，以后少闯祸就行，说完头也不回地离开。

段小弗欲言又止，心头酸溜溜的，要是问问他的电话号码就好了。要是这个男人就此消失了……段小弗又悔又恨，只能不甘地也找秦佳去了。

之后两天显得有些平淡，段小弗甚至不再逃学，每天窝在教室里看平时不爱看的小说，也不爱跟秦佳、凤萍玩闹，自己的小世界里，因为有了秘密，突然变得丰富起来。

这样好不容易熬到了星期六的晚上，她们十几个姐妹约好了一起去“蓝月”玩，段小弗特意打扮了一番，没准还会遇见那个男人。

妈妈不在，爸爸正坐在沙发上静静地看新闻联播。段小弗轻手轻脚地推开门，就要往外走的时候，被爸爸叫住。

段小弗回过头，低着头问，什么事啊？

爸爸说，你妈哪去了？

段小弗说，我不知道啊，没跟我说，好像最近几天晚上都不在家。

爸爸哦了一声，又说，你要去哪儿？

段小弗说，我跟同学出去玩会。

爸爸哦了一声，说，你去过舞厅了？

段小弗不敢撒谎，就轻轻地嗯了一声。

爸爸说，去玩吧，别惹事，早点回来。

段小弗虚惊一场，飞快逃开，走到巷子口才发现自己出了一身冷汗，回头去想，觉得爸爸妈妈最近有些怪怪的。

怪就怪吧，段小弗想反正她也从未了解过这个男人，许多年以来，他在家人面前的面貌跟在外人面前都相差无几，是烟城一个叫人望而生畏的恶棍。

段小弗飞快地打了辆“大发”去蓝月，一下了车发现姐妹们就像怡红院的姑娘们，全花枝招展地站在门口等着她呢。

段小弗像个真正的大姐头一样被众星捧月捧到了舞厅里，卖票的老女人脸都笑开了花，姑娘们进去之后，她冲旁边的另一个老女人说，看到没有，那个领头扎斜辫子的，以后肯定又是烟城一个人物。

如她所说，以段小弗为代表的十六岁上下的年轻人们在后来的两三年内迅速地占领了蓝月歌舞厅，也造就了烟城那些年的许多传奇故事，这其间，出过英俊如大亨之子周云声的少年，后来他疯了；出过“小霸王”戚小双，他后来消失了；出过号称烟城之美的苏戏，后来她死在上海冬天的某个雪夜；出过“一断为二”段况白，他后来杀了自己的女人，突然消失在这世界里……当然，还有“四平街差王”段小弗，二十年后，她后来成了“新蓝月夜总会”的女老板，操纵着整个烟城那些地下的，看不见的，一代传着一代，一人接替一人的轮回。

甚至到我们都再也看不见的后来，她也渐渐不见，所有的人都变成空虚浮夸的符号，样子不再清晰，话语有如尘埃，故事变成传说，然后一起死亡，被莫名的，必然的，不可抗拒的，城市的旋转所吞噬，一同往死亡里归去。

对于段小弗而言，她的故事其实是从蓝月开始的，当她知晓了所有的细节，讲完了全部的故事，她并没有想到，自己的故事也会完结在蓝月。

那个晚上叫人终身难忘，女孩子们像仙女下凡一样，在蓝月四处闪耀，在黑暗里闪耀，在男人女人的眼睛里闪耀，在舞池里闪耀。

青春的光芒把黑暗都变成青春的黑暗，那是神秘的、暧昧的、优昙初生的感觉，那是青涩的、华丽的、不能停止的青春幻影。

女孩子最美的瞬间，都停在这里。

还有女孩子爱的男人，他也在这里。段小弗看到她想见的人坐在不远处，一个人，不停地抽烟。

一切都接近完美了，如果意外不发生的话，如果前因后果不在这个夜晚开始碰撞的话，段小弗将永远再见不到这个男人，但是留下最美好的回忆。

开场舞没多久，舞厅的前门后门突然涌进许多人，他们迅速地锁定目标，然后包围了他。

段小弗也是头一回见到这种事情，她有些慌乱，跟着她的心突然强烈地跳动起来，她感觉到，在黑暗中被包围的人，是那个男人。

她慌张地，眼睛一眨不眨地看着那片黑暗，似乎有影子在动，似乎有个熟悉的影子在动，她探出耳朵，绕过那些纷扰的噪音，去听。

根本听不见交谈什么，但是看见那个熟悉的黑影，居然是自己的爸爸。

再之后她听见茶杯碎裂的声音、硬物撞击的声音、男人的闷哼声、粗鲁的骂人声……她还看见有火花在黑暗里划一下，又灭了。

舞厅里的音乐没有停止，反而越来越响，它这是要掩盖一切。

段小弗站起来了，她不知道是该上前阻止纷争，还是去停止这音乐，或者是停止这黑暗。

然后她看见一团火突然从那片黑暗里冒出来，一声巨响，真正的巨响，音乐跟着停了下来。

有个人大叫一声："他有枪！"

段小弗这才长出一口气，她知道"他"是谁，他有枪，他很安全。

那片黑暗瞬间混乱起来，所有的人都往外跑，刚才那些涌进来的人，还有她的父亲，也跟着人群消失得无影无踪。

只有段小弗没有慌乱，她的心已经定下来了。她朝开枪的方向走过去，慢慢在黑暗里分辨出他的轮廓。

他受伤了，血从头顶流到了地上，他站着一动也不动，在黑暗里就像个影子。

段小弗走到他面前，替他整理好衣服之后默默站在一旁，她没有说话，说了也听不见，她也没有看他，看不到他的眼睛。

大约过了几分钟，那男人把枪收起来，开始往外走。

段小弗跟在他后面，也走了出去。

两人穿过火车隧道一样的拐弯，再穿过像地铁通道一样的门，在初次见面的回旋楼梯，他们又清晰地看见彼此。

男人的头还在流血，头发已经湿了，飘落在额前。

男人说，你不要再跟着我了。我在这也待不了几天了。

段小弗说可是你在流血呢。

男人笑一笑，说，这些，小意思，你还是上去吧，你的朋友们都还在呢。

段小弗说，可是你在流血呢。

她要哭了。

男人的脸突然变得温柔，他伸出手去轻抚段小弗的脸颊，女孩的泪就这样滑到了他的手上。

男人说，别哭，在舞厅哭的女孩子都不会得到幸福的，上去吧，乖。他转身就走，段小弗清楚地听见他额头的血滴落在楼梯的声音。

段小弗扭头回到舞厅里，又折回来，突然之间，她想要跟踪这个男人。

她跟着男人，出了蓝月，走在一九九六年烟城的街道上。

男人在路上走得很慢，每隔一小会，段小弗都能听见血滴在地上的声音。

他没有停下来过，一直走，其间掏出烟，点上，抽两口又掐灭。

他在这个他不熟悉的城市一直打转，似乎在寻找什么东西。

他找不到，于是扩大他的寻找范围，很快，他就走遍了烟城的大街小巷。

终于，他停在四平街的一间屋子下面，又抽起烟来。

段小弗藏在屋子的另一面，这房子她再熟悉不过，是她的家，灯还亮着，妈妈还没睡。

男人在屋子下面抽完了一整包的烟，时而在那面墙下走来走去，时而走开几步，望着二楼的窗户叹气。

墙的另一面，段小弗心难平复。她很困惑，父亲与这个男人之间的仇恨；她很担心，那个男人还一直在流血；她很难过，过了今天，她可能再也无法见到那个男人。

她甚至想，世界毁灭在这个晚上，算了。

十六岁的段小弗，只去过两次舞厅，但已经开始明白，什么是曲终人散的寂寞。

男人最后离开了四平街，段小弗跟着他，越跟越伤心，到后来眼泪就像男人的血一样，止不住地流下来，流在了夜游这一路。

跟着男人回到了宾馆，她记下门牌号，她心里暗暗决定，她要继续跟踪这个男人，她不知道她是为了弄清楚这一切，还是因为她爱上了他。

第二天是周日，段小弗起了个早。家里面一个人也没有，父亲昨天晚上没回来，母亲恐怕一早也出去了。

真是天赐良机，段小弗收拾了几件衣服、SONY随身听、最近在读的漫画书等乱七八糟的一堆东西，全部装在一个大背包里，再把自己的存折带上，就整装待发了。她觉得她这样也算是单方面跟那个男人私奔了，要是那个男人真有这个意思，倒还真是不错的选择。

写了张字条给妈妈，大概意思是我出去玩几天，玩好了就会回来，不要担心之类。段小弗把字条贴在冰箱上，像一只鸟儿一样轻快地出了门，很快就离开了四平街。

她奔向她熟记的那个地址，那个宾馆。

在宾馆门口犹豫了一下，她上楼，找到房间，敲门。

三声之后，她突然想拔腿而逃，逃到走廊转角又逃回来，并没有人出来追他，男人不在。

段小弗有些庆幸也有些沮丧，她从宾馆出来，扭头看见斜对面有个小吃店，她进去，随便点了点东西，就坐在那里等。

等啊等，段小弗不停地吃东西，也不张望，那个人的样子已经在她心里清晰，哪怕他像飞鸟那样掠过，她也认得出来。

中午快吃午饭的时候，男人出现了，他头上缠着绷带，还穿着昨天那件有血迹的衣服，他带着一个女人，身体挡住了女人的脸，两个人上了宾馆的楼。

段小弗手中的勺子咣当掉在了地上，男人的背影她很熟悉，而女人的背影她虽然从未刻意去记，但恐怕一生都不可能会忘记。

但是，这不可能。段小弗努力逼自己这么去想，但是已经来不及了，开关已经打开，她又想到昨晚的事，几乎完全推理出来了。

因为男人跟那个女人认识。所以爸爸带人打了他，所以凤萍看见他们在花鸟市场，所以他才会来这个城市，才会出现在“蓝月”舞厅，才会遇见她。

而这个女人，是她的妈妈，所以她最近也才这样行踪不定。

段小弗牙关紧咬，身体微微发颤，放空了许久，她把钱付给小吃店老板，轻手轻脚地又摸上了那家宾馆。

宾馆的走廊有些陡，也很黑。

段小弗把脸贴在门上，静静听。房间里面电视机开着，两个人在交谈，偶尔只言片语，伴有啜泣声和沉重的叹息。

然后两人与段小弗一同陷入沉默，段小弗心难平静，听见细微的如另一个房间男人打电话的声音，她几乎静止在那里，不知道时间是在前进还是后退。

终于再也无法承受，她撒腿跑了起来，走廊里留下一串急促又狼狈的脚步声。

而房间里两个人，多年未见，相视无语，眼睛里却有千言万语。

段小弗跌跌撞撞地在街上走，觉得自己就快要完蛋了。街道上的行人走得那么快，马路上的车却又像慢动作一样行驶，世界的颜色很单调，walkman突然只剩下一边有声音，最后，天阴了下去，乌云笼罩了整座城市。

段小弗坐在公用电话亭不停地打电话与打传呼，没有人回电话也没有接电话，现在这个时间别人都在读书，只有她在幻想着与一个自己完全不了解的人私奔，幻想破灭了也只能她一个人承受。

那么没什么了不起的，放马过来就是。段小弗用力挂断了一直没人接的电话，然后折回去，折回那个宾馆，在男人的隔壁房间开了一间房。

推开房门，把背包往床上一扔，再把自己也扔上床，这时候开始落雨，她不再想他们是否还在隔壁，她只想静静待在自己的房间。

就这样的，一直就是雨声，让一切跟着雨水流进下水道里。

然后她听见巨大的声响，东西摔碎的声音，骨骼相撞的声响，女人的尖叫声，男人沉闷的吼声……还有自己愈来愈重的心跳声。

他们两个在打架，他们究竟是什么关系？

那个男人有枪，她会不会有危险？

算了，让他打死她算了，一个被杀，一个抓去枪毙？

她现在怎么样了？

怎么没声音了？

隔壁的声音亮起来，又低下去，如此反复，叫人纠结的曲线。最激烈的时候，段小弗把头埋到枕头里，想把自己的心跳都停止。

不知道过了多久，天都慢慢黑下去，暴风骤雨逐渐停止，隔壁的两人也已经离开，段小弗又活过来，去翻看传呼机，有两个讯息，是秦佳打来的。

回过去，秦佳约她晚上去蓝月跳舞，段小弗本想拒绝，转念一想晚上不也无处可去，就答应了，她胡乱在街边吃了点东西，又在百货公司顶楼玩了会电游，七点半准时站到了蓝月门口。

收到秦佳“77742”的留言，她们已经进去了，现在在四十二号台。

段小弗一坐下，马上被女生们围了起来，许多问题像一张考卷，摆在她的面前。

她一道题也答不上来，也根本不想答。

她就把自己放到沙发上，想象自己睡在一片海上，海水就要把她淹没。

音乐声连绵不绝，流行歌曲越来越伤心。

最难过的时间被一杯又一杯的酒水慢慢杀死。

段小弗一直不出声，直到她又看见那个男人出现。

男人独自一人，坐在角落的位置，一个人一声不出一动不动。

只有眼睛一闪一闪，闪得人有些心慌意乱。

这样一直等到开场跳舞，男人女人都像蝴蝶一样起身，往舞池去。段小弗也起身，往角落里那个男人的位置去。

舞厅越来越喧闹，巨大的蜂鸣声不停撕扯人的神经。段小弗却觉得自己平静极了，她坐到男人的旁边，也不看他，脸望向虚无的黑暗。

男人有些局促，他把手搭在桌子上，轻微地弹动。

段小弗把身子凑过去，她闻见他的气味，汗味、烟味，还有淡淡的血腥味。

男人的血在身体里加快流动，她也感觉得到。

她靠近他，对着他的耳边说："出去聊聊吧。"

两人于是起身，穿过黑暗，走出房子，来到蓝月后面的一片空地里。

又是沉默。段小弗突然隐隐地觉得，他们两个人有些地方出奇的相似。

男人摸出香烟，点上一根，然后抬起他漆黑的眼睛，像日后某部电影里忧郁愤恨的男主角，他开口说话："其实……我是一个警察。"

段小弗哦了一声，她本来一直想问的，就是他到底是谁。他不是谁，他是一个警察。

还想问什么？段小弗想问的问题太多了，她不想在他面前受辱，所以她不开口，她只想听听这个男人说点什么。

男人见段小弗不说话，又说，我后天，不，明天一早就走了。

段小弗说，那你来做什么？你来烟城做什么。

男人抬眼看了一眼她，顿了一顿："许多年了，我只是想来见一个人。"

段小弗不等他说完，甩手给了他一耳光，有什么好见的？有什么好见的。

男人的脸变得冷峻而不可捉摸，他转身，掐灭手中的烟，说，好了，我走了，对不起。

对不起。

段小弗冷冷看着他离去，她没有追上他，没有问他的名字，也没有明白他的痛苦，他的秘密，他为什么会说对不起。

她只是觉得她的世界被毁掉了，她呆在那里，不知道应该怎么办。

男人走后，段小弗又回到蓝月，待在巨大的声响中，能让她觉得好受些。

但是黑暗又让她恐惧，更让她难以平静。她开始回想起一些细微的、不连贯的、却又若有联系的回忆。

她想起妈妈脸上的伤疤，她从未问过，但背后藏着的一定是青春时期的惊心动魄。

她想起幼年时代父母的种种矛盾，他们并不恩爱，简直有点貌合神离。

她想起父亲的冷漠，以及他的暴躁。

她想起那个男人漆黑的眼睛，对他其实并非一见钟情，而是熟悉，好像许多年以前就已经认识了一样。

她想起许多年来她从不在意的，街坊间的传言。

她又想起她对那男人的爱，或许那不是爱。

她知道，这一切都是一个秘密，或许从她出生了就开始存在的一个秘密。只能是秘密的一个秘密。

段小弗回到旅馆，男人在房间里，灯亮着，他还在不停走来走去。

男人终于又走出去，他看上去心事重重，悲痛不能化解。

段小弗继续跟踪他，在烟城的大街小巷，他们两个都需要行走，来平复心绪，来排解抑郁，来谋杀时间，走下去，不停走，才能走向未来。

最后段小弗跟着那个男人去了一间名叫“银梦”的录像厅，那男人坐在大厅的第三排，段小弗在第七排，抬起头就看见男人的头，一动也不动，像雕像一样。

片子循环放映，都有什么片子段小弗早就忘记了，只记得后来的一部，或者是她迷迷糊糊睡着了做的一个梦。

那部片子讲述了一对夫妻跟她们的女儿之间的故事。女儿一直不停地、莫名其妙地更换男朋友，每次都是她甩人家，无论她自己有多爱着对方。而爸爸除了上班跟待在家里，哪也不去，在家的时候他总是大声训斥女佣，女佣总是把自己打扮得灰头土脸，其实女儿发现她很漂亮，而妈妈总是爱去逛一家叫做“真真”的宠物商店，自己却从来不养狗。

故事的结尾是女儿因为从小就看到了爸爸跟女佣偷情而对男人极度不信任，爸爸不出去是因为他一直爱着的女人是家中的女佣，而女佣其实是个暗恋爸爸的千金小姐，她开了一家表面是宠物店的男妓店，妈妈是其中的常客。他们每个人都有不可告人的另一面，但谁也没有对别人的反常有过疑问。

大概就是这么个故事，段小弗把情节记得很深，最难忘的细节是丈夫跟踪妻子去宠物店的路上，一路上两人表情、心理不同的变化，那个男人在黑夜里，像是妻子的影子，终于窥探到她的秘密。

故事最后一幕，女儿带着新交的男友在城市里游荡，她的爸爸妈妈跟在她后面，两个人在热烈地讨论着，下一个路口女儿会不会开口甩了这个男人。

结果下一个路口，女儿被突然冲出的车子撞死了，那个一直只有背影的男人回过头来，竟然是妈妈最常光顾的男妓。

实际上这到底是不是结尾段小弗也不知道，她后来就睡着了，醒来的时候男人已经不见了，只留下座位上的一些血迹，以及一些淡淡的气味。

段小弗茫然地走出录像厅，天还未亮，四处雾蒙蒙的，没有一个人。

段小弗拦了辆车，让司机绕着城开，想再看看能不能再碰见那男人。

伸手在口袋里掏出一张“蓝月”舞厅的票根，本想扔掉，翻过来一看，上面用血写着两个字，齐洲。

齐洲。录像厅里，男人发现了段小弗，还留下了自己的名字。

段小弗无法去想象那情景，也无法揣测那男人的想法，他的感觉。她觉得那男人像是特地来寻找她一样，而自己，也好像一出生就爱上了这个男人，虽然并没有见过他。

就像一支舞曲，写它的人也不知道有什么人会去跳，但跳舞的人也许偶尔会去想，这舞曲是谁写的呢？他为什么要写这个曲子，他是悲伤的，还是快乐的？

想归想，但一曲结束了，新的曲子又会响起来，你必须要跳一个新的舞。段小弗叫司机掉头，回四平街。

她记住了这个男人，尽管她不知道他从哪来，也不知道他为什么而来，只知道他也会记住烟城，他头上的伤疤会一直提醒他，他想到了烟城，也就想到了自己。

妈妈也是如此，她的那道疤痕，也一直提醒着她的过去，提醒着她从何而来，也许跟这个齐洲有关系，也许没有。

还是一年后，段小弗在家无意翻出一张妈妈年轻时候与一个男人的合影，那男人年轻俊秀，有一张叫人看了再也无法忘记的脸。

她当然认得这张脸，在漆黑的黑暗里，她也能清晰地在心里描绘出它的样子。

段小弗十七岁了，她并没有去问妈妈关于这张照片的故事，她知道这跟妈妈颈上的那道伤疤一样，是一个秘密，这个秘密也是她的秘密，要一直藏在她内心深处，不能把遇见天使这件事告诉别人，一旦说出来，天使就会把这个人带走。

但是段小弗一直没找到那天晚上她看过的那个电影，她花了好长的时间才明白这个电影在讲什么，它在讲当一个人总是反复做同样一件奇怪的事情，他必定是其不可告人的目的，或者他有一个秘密。

那么这个故事里，段小弗的秘密是她曾经爱过一个突然出现又突然消失的男人。

男人的秘密是他是一个警察，他的女人走了，他不知道她当时还怀着孕。

女人的秘密有很多，除了那道疤痕，最大的秘密是她还爱着警察，但是最后嫁了一个恶棍。

恶棍的秘密是，他老了，不能失去现在拥有的一切，所以他不能让警察破坏他现在的生活。

唯一知道全部真相的，知道整个城市秘密的，是蓝月舞厅。段言中来这里跳舞，看中了舞女李碧云，那个时候李碧云以为齐洲死了，她怀着他的孩子逃到了烟城，她只会跳舞，所以她找到了蓝月。

南方舞厅，都市中的仙境，地狱的入口，少年的避难所，爱人们的床笫，所有人的记忆与青春。

所有人的，如果你曾经来过。来这里跳舞，在黑暗里，以为别人没有看见自己的心事，实际上，你连眼泪滴到地板上，都会被人听见。

03
双城故事
Two Cities

城市总不是我们想象的样子。

凌晨四点，我收到段况白的短信，愣了愣神，把手机丢到抽屉里，继续去画我未画完的美女图。五分钟后，我突然惊醒过来，发条短信息去问段况白，你又干什么了？

年轻的段况白拎着他的黑色皮包从北京火车站里走出来，周围人群拥挤他推搡他之后迅速散开到四面八方，各自去寻找他们需要的东西。

段况白穿着去年冬天从我身上脱下来的阿迪达斯外套，头发蓬松，他走到人比较少的地方，点上一根烟，四处张望。他也是来这里寻找某种需要的东西，与眼前那些匆忙来去的人流所不同的是，我的朋友段况白，他除了寻找，还懂得在路途中停下来看看风景。

段况白抽完烟，把烟蒂放到随身带的铁盒子里，他决定了要去某一个方向，长长出一口气，掏出手机给我发了一条短信。

他发来的第二条短信是，我这就洗洗睡了，你个死熊猫别熬夜了，赶紧来祖国首都探望我。

我放下手中的笔，我这才知道，段况白真的不听我的劝告，去北京了。我有些担忧内心深处却又实在为他的行为高兴，段况白还是"一断为二"段二，我的朋友段况白，他还没有变。

我端着一杯水，走到阳台去，天有点凉，天还未亮，上海这个巨大的城市机器，在一片漆黑中沉睡，它在做什么梦呢？

城市总不是我们想象的样子。我喝一口凉得刺骨的水，对自己说。

我每次讲故事，预先都知道这故事的脉络，它的结局还有长度。我太了解这些故事的起承转合，以及它们的重点和细节，这些故事不是用一句话就能讲完，就是讲了很久都是为了讲一句话，而所有的故事其实都只有一个结局，这些我实在是太了解。

然而有一个故事我却无法看到它的长度、脉络甚至是它的开端。我已经不能确切记住那时候，记忆体被无数的情节拥堵，无法捋顺，在往回探访的过程中，又发现许许多多经过许多年早已经像纸片揉成一团又泡在一摊死水里，一切都无法分辨。

我甚至也不能判断这故事的走向，因为因通向果，无数的因通向无数的果，现在的果又变成将来的因，如此，循环不息，无穷无尽，通向未知未来，尽管这些可能都是被安排好的轮回。

这个故事里，我是一个重要的组成部分，另一个就是段况白，我们是两颗行星，有一天突然相撞，跟着一切都产生变化，恐龙灭绝了，到处结满了冰，亿万年后，人类将统治地球，而接下来怎么样，明天会如何，我们都还不知道。

所以，这个故事它开始在中间，也出现在所有故事的中间，它很精彩，它甚至不需要一个结尾。

段况白醒在宾馆完全陌生的床上，洗到发白的蓝白条纹床单怎么看都还像是脏的，枕头上还有女人刺鼻的廉价香水味，暖气不够暖，天也不够蓝。

段况白想到第一个人当然不是我，一定是一个女孩。那女孩子的脸像MV画面一样精致细腻，在镜头前不停晃动可以捏出水来的身体，女孩笑一笑，女孩的头发被风吹乱了，女孩最终变成一屏幕雪花点，四处散开。

段况白骂了一声，从床上坐起来，摸出手机去翻电话本。

他要打给他的一个姐姐，三年前在酒桌上莫名奇妙认识的一个中年女人。这个女人我年前见过一面，还是在酒桌上，女人跟段况白的母亲互称姐妹，又叫段况白弟弟。

那天我没有喝酒，我一向很反感跟陌生人喝酒，不知对方酒量，把别人喝倒了不礼貌，被别人喝倒了没面子。在酒桌上，我眨眨眼睛，我不会喝酒，一喝就会胃出血。

这顿酒喝到最后果然大出血，先是大厅另一角有一个人喝到胃出血，当场就像武侠片里被绝世神功击中之后的情景，噗噗噗噗，血从嘴里喷溅出来，到处都是。段况白眼尖，说，这不是你高中同学银城武吗？

我一看，哎哟，是真的，这小子当年在班上被一群女生一下课就按到桌子上殴打，现在居然在“楼外楼”喝到胃出血，不能不说，也是一种长进。

另一起流血事件是由段况白引起的，他一向喝了酒犯病，先是开始唠叨饭桌上一个男人，男人比段况白年长几岁，是个狠角色。一开始他没理睬段况白，长辈都在，又在段况白家的饭店吃饭，多少顾及了颜面。

但是段况白愈讲愈激动，朋友劝不了，他姐劝不了，他妈劝不了，我还是劝不了。

我知道肯定要出事，段二喝了一杯酒之后，突然站起来，照着面前那男人就是两耳光，嘴里含糊说着什么。那人马上被激怒，跳起来扑向段况白，两人推倒桌子椅子，扭打成一团。

其余的人慌忙去拉架，段况白的母亲拂袖离去，那个姐姐站得远远的，不敢上前。

那场架后来被众人拉开，段况白吃了亏，他实际上喝多了，站都站不稳。我叫几个服务员把他扶到楼上包厢去睡下，先离开了楼外楼饭店。

楼外楼饭店发生的“少主闹场”事件已经是司空见惯了，我后来在出租车里，一直在笑，我突然发现这个城市值得我留恋的东西实在是太多了，所以我一而再地逃出去，又逃回来，现在终于又决定要离开。

段况白终于翻到姐姐的电话，想也没想就打过去，他精通于跟人打交道，他一直以为他有的那些优秀人品，别人也有。

她姐姐接到他的电话，飞快地派了辆车来接他，段况白拎着他的黑色皮包昂着头从这家小旅馆走出去，坐上那辆银灰色小车，这时候他的口袋里只剩下三十五块钱。

过了一会，他给我发了一条短信。

我就要到北京天安门啦，我就要见到毛主席啦。

我正失眠睡在床上，睁着眼睛一闪一闪，看到短信，忍不住笑了起来。我忽然想起几年前，再几年前，再许多年前，我们两个还有周云声穿着小背心小短裤，走在夏天的沥青马路上，去寻找一条白色鲨鱼。

我还是没有回他的短信，这眼前让我痛苦不堪，我想独自一人面对，战胜这一切。

少年们在夏天走着走着，突然走到一条岔路，因为某种原因，分开，往不同的方向走去。

然后我们遇见很多叫我们痛苦不堪的事，直到我们初次遇见我们的爱情。

我想到这，嘴角像一朵蔷薇花绽开，我甜蜜地睡去，不再慌张。

段况白在司机的引领下，游了一下午的车河，算是把北京城逛了一圈，一开始他满有兴致，完全不同的北方，皇城，马路那么宽，不知名的跑车从后面嗖地赶上，楼好高，人真多，连天空都好像比家乡高出半截。

但这些很显然不是重点，最后段况白竟在车后座睡了过去，他想到绵绵无尽的那些屈指可数的日子，忽然有些晕眩。

在同一时间，我们都梦见闪亮的日子，我的梦里有他，他的梦里没有我。

我跟段况白的故事很长，我并不打算在这里讲给你听，实际上我从十五岁开始一直想写一个关于我跟段况白的小说，但是写不下去，写不好或者我还没有做好准备要去写，那是真正的青春小说，真正的青春。我现在想截取某一段来讲讲，我想，某一段就够了，你无须想象也无须责怪我，你知道的，青春与记忆都是碎片，一片一片，大多数都被我们丢失在已经忘记的某处。

我跟段况白大概读小学四年级的时候确定了我们那种超越一切的关系，或者更早。我想过这是什么样的感情，友谊、亲情，我近年来还会想这或许是一种变态的爱情。那时候我是外表聪颖乖巧但内心狂野任性的优等生，他是行为夸张粗鲁内在温柔善良的坏小子，我们在不同班级，我戴三道杠他差点蹲班，考试的时候我们一起玩快速交卷的游戏，他冲我笑，说这下我们完了，一字都没写。我一脸诧异地对他说，没有啊，我早已经写完了啊。

然后监考老师大声说，你们俩干什么呢？

接着我们被请进办公室，当然我很快就出来了，因为我的卷子是满分而段况白的是空白，只写了一个松松垮垮的“段”字。

这件事成为学校里一个经久不衰的笑话，我每次想起都笑到直不起腰，段况白则恶狠狠地说，他们不懂，我跟你，你跟我，其实本没有什么不同。

我许多年后经常想起这句话，事实证明，他说的没错，当我开始改变之后，在那些人的眼里，段况白如果是豺狼，我就是长出獠牙的大象，我们都是猛兽，根本没有什么不同。

在这里不想讲太多，因为将来还要再讲，而这毕竟是关于跟踪的故事。总之上了初中之后我们在人们眼中越来越糟糕，也越来越熟悉，熟到像一个人。我同学跑来说，我周末在街上看见你了，你穿一件格子衬衫，我说乱讲，不可能，我周末两天都在家睡觉，其实他是看见了段况白。

我们越来越接近跟人群也越来越疏远，实际上我们也从未跟那人群接近过。这种疏远，心与心之间不可靠近的隔阂，他们不知道段况白内心有多善良，他们不知道我到底想干什么，他们不知道我们的感情是坚不可摧的，他们看不到我们的青春惊心动魄，真替他们惋惜。

再接下来，更惊心动魄的东西出现了——爱情。

然后原本以为不变的，又开始变了，原本不清晰的想走的路，现在更加扑朔迷离。

段况白在吃晚饭的时间终于见到了姐姐，这女人行色匆匆，带他去一家高级饭店吃牛排。

吃饭期间她告诉段况白，她现在在做一笔大生意，白天都没有空陪他，这几天白天就让那个司机带他四处逛逛，晚上她再带段况白去感受一下北京的夜生活。

段况白跟姐姐有说有笑地吃完这顿饭，其间想说的话好几次咽下去，他一向直接明了，这次竟变得唯唯诺诺起来。

吃过饭姐姐带他去了北京一个著名的夜总会，段况白从那出来之后异常虚脱，给我发短信。

……我现在才知道什么叫做豪华，什么叫做夜总会。

收到短信的时候我正在喝一瓶汽水，我皱皱眉头，心想，这小子真的就被金钱打败了？

不久之后，我才弄明白，这小子不是被金钱打败了，他是被姑娘打败了。

接下来的几天，段况白跟着司机在北京城里游览各种名胜古迹，晚上在大酒店夜总会酒吧里海吃胡混，他的心里乱极了，他一直被物欲所刺激，可那个女孩的脸越来越模糊，他想说的话一直说不出口，他给我发了一条短信告诉我他快要疯了之后，我失去了跟他的联系。

我在跟段况白失去联系的某一天晚上又失眠了，我忽然想起了另一个夜晚。

楼外楼伤人事件之后，隔了大概三个礼拜我都没有再见到段况白，我在准备着去南方，准备着悄无声息地离开。段况白喝了酒，十点多在闹哄哄的KTV给我打电话，说，你干吗呢？

我说我一个人在街上走，有点饿，去吃碗面。

他说你快过来，他们唱歌都唱不好，等你来陪我唱首歌。

我说都有谁啊，他迟疑了一下，说，没有别人，你都认识。

果然没有别人，我推开门一看，就他一个人在沙发上呈昏死状。我上前去把他摇醒，他说太累了，一不小心睡着了。

我们唱歌吧，他说，他跑去电脑那点歌，我说，怎么就你一个人？

段况白说都走了啊，有两个喝多了，有两个还有别的事。

我哦了一声，没有再问，我们唱了两首歌，我发现段况白这天晚上实在不在状态，就把话筒扔到一边，说不唱了，走吧，出去吃东西，我还饿着呢。

段况白答应着，但是身子一动不动，双手抱头，双眼紧闭。

我说，你怎么了？喝多了啊？

段况白迟迟没有说话，我走到他身边坐下，过了好一会，他说，你借我点钱吧。

他慢慢转过头，看着我，眼睛一眨不眨。

他眼睛是有我从未看过的可怕东西，看得我心惊肉跳。

他说："一百一十七万。"

我哦了一声，说，我还有三万多，可以全给你。

他眼睛里的光忽然黯淡下去，闭上眼，屏住呼吸，把沙发想象成海洋，他要沉下去，让海水把他淹没。

段况白决定单刀直入，在电话里他问她姐姐，能不能给找个事干干，我想挣些钱。

姐姐说我想想啊，你都想干点什么呢？

段况白说干什么都行，只要来钱快，来钱多的。

姐姐说我想想，你还是先跟小徐四处玩玩。

小徐就是那个开车的司机，就这样段况白跟着司机又在北京转了一天，看见马路上的奔驰宝马保时捷，他快要急死了。

我在上海，我的三万多块就快要花完，我也焦急起来，开始往外跑，想谋一份稳定的工作。

偶尔坐公车的时候或者一个人在夜里走的时候，会想到段况白，不知道他现在怎么样了，打电话过去一直关机。继续走下去，我就会变得恍惚，仿佛现在走的路是我们常走的那条纸厂路，我和我的影子好像我跟段况白，在月光下，我们一起走，我们跑起来，我们坐在路边唱一首歌。

有许多时候，我都是想到这些从前，才能继续往未来走过去。我们的未来，它现在却叫我们这么的痛苦。

我跟段况白失去联系的第十八天，我还是没找到工作，银行卡里的钱已经变成了三位数，我又开始不断想起从前，上海又迎来了一个夏天。

我从一个朋友开的公司往家赶，公司非常远，在郊区的某个住宅区里面。我坐一辆公车，又在车上睡过去，坐过站下车之后在马路边呆立很久，周围是完全陌生的建筑，是一样冷漠的人群，是呼啸而过扬起尘埃的凯迪拉克，高架桥，十分钟经过一次的飞机，远到看不见的云，我觉得很难受，又想起段况白。我所遇见最潇洒的少年。他现在在干什么呢？

终于我拦了一辆出租车，让我也想象一片海洋，我要沉没下去，海水覆盖我的双眼，我看见无限接近透明的蓝。

半夜醒了又睡不着，在房间里走来走去，不停喝水，我觉得生活糟糕透了，我穿戴整齐，打算出门去随便找一个人打一架。

结果架没有打成，那是凌晨四点，城市里都是起早贪黑的辛苦人，我在一处废墟弄倒了几面墙，收到一个人的短信，我灰头土脸，满手是血地去网吧上网。

交了钱挑个四周没人的位置坐下，上QQ，这个时候在线的没什么人，界面跳出来的时候我突然看到段况白在线，慌忙点击要与他交谈，但是他的头像马上黯淡下去。

他今天的签名是，一百一十七万，你会嫁给我吗？

我在电脑那边像突然被人用刀扎了一下，整个人麻在那里，好一会儿才看到黎妮的猫头像在那跳个不停。

你好吗？

不好。

哪不好啊？

都不好。

那回来吧。

回来也不好。

那你想怎么样呢？

我也不知道。

……

……

你这么大半夜的叫我来到底有什么事？

没什么事，突然很想你。

想我，我看你是上夜网无聊了没人陪吧？

……不是……

你玩你的吧，我走了。

我很无情地下线，然后在网上胡乱逛了几个网页，就出了网吧，就着微微亮的黎明慢慢地往住处走。

黎妮是我十六岁时候最爱的女孩，那一年，为了她，我跟段况白打了一架，两个人出手都狠，就在我觉得我快要死的时候他突然停手，跑开，几个月后像没事一样来找我，告诉我他要去当兵了，后天晚上一起吃个饭。

那天晚上我跟一群陌生人坐在楼外楼，第一次谁也挡不住，白酒一杯喝完又一杯，醉到像石头一样沉入落雨的河水中，又浮上来。

是那条河，小时候我们说它深不可测，里面住着白龙王。

那夜段况白带了一个我从未见过的叫黄薇的女孩，大眼睛长头发，非常能喝酒。段况白喝醉了就抱着那女孩子亲她，当时段况白十七岁，几乎所有的朋友都在，他爸爸刚喝了一杯，酒杯子还拿在手中，我当时不知道为什么脑子里浮现的都是黎妮的脸，我也有些醉。

实际上，十几岁的我，难得有清醒的时候，段况白当兵后的第二个月，我在一次饭局上又遇见了黄薇，十几天后，我再次成功挖了段况白的墙角，我还写信给段况白，他回信说你等着，你欠我的姑娘迟早要还给我。

我想到这里又自己一个人在那乐了起来，我走在回家的路上，手有点疼，伤口还在流血，我又想到段况白那句签名。

一百一十七万，你会嫁给我吗？

什么样的姑娘，开口就要一百一十七万？这种事情，能用钱计算吗？

为什么眨眼间，这个世界就变得如此叫我厌恶呢？

与段况白失去联系一个月又十天，我还是过着入不敷出的生活，开始四处举债过日子。这天下午，在网上我终于逮住了段况白。

你现在哪呢?

哈尔滨。

你怎么去那了?

我不方便说，等回头跟你当面说。

我×，你有什么不方便的，快说。

真的，不方便，你怎么样了啊?

我快要死了，饿死。

我现在钱拿不出来，不然到是可以给你。

你到底在干吗? 你怎么跑哈尔滨去了?

你别问了，我不会说的。

……

我们两个有大约三十分钟的交谈，段况白匆匆忙忙地走了，我没有问他那一百一十七万的事情，他肯定不会说，这是一切问题的答案，肯定是一个莫名的女人，她是谁?

我在脑海里把这二十年所有遇见的女孩女人都过了一遍，脑子像被人踩过一样，一片空白。

这次交谈让我松了一口气，起码他还活着，即使他可能在做一些不好的事情。

我早就对段况白说过，你迟早要死在女人身上。

段况白说，你是迟早要被女人害死。

我想到当时我们在“蓝月”的包厢里这样你一句我一句，现在真的竟然有些担心起来。

连续几天下午在网上遇见段况白，他总是言辞闪烁，说话没有重点，聊不了一会就急匆匆下线。

我一直都猜不透他在干什么，但我知道这事一定叫他觉得耻辱，我强烈的直觉告诉我，隔着千山万水，段况白的痛苦远远要比我想象中的强烈，它不能被倾诉，就像某种毒素一样在体内越积越深。

当我已经不想再问他的时候，突然有一天他要跟我视频，视频里他赤裸着上身，背景是豪华的房间吊顶。

你这是在哪呢？

夜总会。

我说，你现在挺潇洒啊，还混夜总会。

没有，我在这做。

做？做什么？

段况白沉默了一会，我看到他在电脑前面颤了一颤，然后QQ界面上弹出两个字，我的脑袋嗡的一声，身体僵在那里，不知道应该继续说点什么。

见我半天没有反应，他打过来一行字，我已经看不清楚那些字是什么了，就是一团黑一团白，我隔了半天打给他三个字。

为什么？

为什么。你别问我为什么。

不行，你怎么能这样。

我怎么样了啊，我没有别的办法。

我要告诉你妈。

段况白在那边列举了一大堆荒唐可笑的理由，我已经不想再听下去了，我下线回家。怎么想怎么难受，怎么想怎么不能接受。我脑子里有个声音越来越响，如果被我找到那个一百一十七万的女人是谁，我一定要杀了她。

我所见过最潇洒的少年，竟被她这样玷污了。

视频之后的第二天，我给段况白打电话，关机。我又上网去找他，他不在，我留言给他，到第三天他还没有回我，他又失踪了。

我找了几天，试图通过一些途径来追踪他真实的去向，在北京的一个朋友告诉我，他真的去了哈尔滨。

找了许多天之后我终于还是放弃，他自己要躲起来，我们都是在大海捞针。我冷静下来，一边为自己的生活继续奔波，一边静静等待段况白的消息。

这段时间，我很恍惚，经常不知道自己身处何处。在各种场合，我都以为我能遇见段况白，他站在川流不息的斑马线上，他坐在路边高高的广告牌上，他沿着地铁的轨道徒步走三公里，他像个离家出走的小孩子，时而开心，时而忧愁，悲伤地坐在公园的旋转木马上，自己跟自己说话。我更加担心甚至惶恐，我拼命压抑自己的一个念头，我偷偷地，极不情愿地想，段况白是不是死了。

我们的故事是不是就这样完结了？他就这样死在了女人手里，那我还能活多久？

段况白是个灾星，但也是福星，又过了十几天后，我接到了他从北京打过来的电话。

电话里他的声音洪亮，精神不错，似乎完全没有前阵子的阴影。他跟我说他不打算指靠他那个姐姐了，但是问她借了一千块钱，在朝阳区租了一间地下室，打算一会先出去找个工作，他说，要慢慢来，不能急。

我很开心，知道他还积极正常地活着。段况白给予我生的力量，我觉得我也要打起精神来，好好振作，城市不是我们想象的样子，但我们总要接受它。

至于哈尔滨的事情，他只字未提，我想，他肯定是跟我闹着玩的，又或者在我的意识里，这件事，是必须选择慢慢遗忘的，它就像一个巴掌狠狠甩在段况白的脸上，却是我们两个人的耻辱。

我跟段况白就这样开始了在两个城市不同的谋生，我决定去朋友的公司看看，他正在创业，急需用人。

段况白没过几天就找到了一份促销员的工作，在国美卖彩电，他想不到，一年之后，在家乡，他家里居然真的转行做起了电器生意。

我们几乎每天都打电话，我告诉他我每天去上班要坐三个小时的车，下班还要三个小时，他抱怨房东抠门，洗澡还要让他每月交一百六十块，我们的感情忽然回温到热血少年时，这个世界都不要我们了，我们互相搀扶着向前走，我们是H2，Hero Two，我们是两个英雄。

段况白说他把我去年写给他的《给H2男孩的情书》打印出来放在阿迪外套口袋里，晚上没有电视没有电脑没有KTV没有姑娘他就翻出来读一遍，他说他现在像我一样很喜欢回忆往事，觉得那就像一出纪录片。

他还说他长这么大，我肯定是他遇见过的最烂的人，能读好书不读，能拥有好姑娘但是要伤害别人，能有安稳的生活偏要瞎折腾。

不好好读圣贤书，这是不忠；不听爹妈的话，这是不孝；抛弃喜欢你的姑娘，这是无情；挖朋友的墙角，这是无义。段况白说，你是我所有见过的人中唯一一个不忠不孝无情无义的人，但是我还是很喜欢。

我说为什么呢？

段况白说，不知道，大概是因为你有追求。

追求？

可怕的追求，超越一切的追求。

我说，你不也有？

段况白说，废话，不然我怎么在这跟你废话！

我说其实你也是一个窝囊废，但我也好爱你。

在上海，在北京，两个窝囊废就快要穷死了，但还行，他们很快乐。

其实我早就知道，段二在北京撑不了多久，他的个性他的少爷脾气都不适合北京那种环境，他表面平静笃定，其实内心万分焦急，我感觉得到，但是我不说，秘密总有被透露的一天，我知道它将很快地到来。

段二在北京，生活越来越差，试用期一个月只卖出去一台电视，老板无情地辞退了他，在电话里他给我说他在找别的工作。

他穿着家里给买的名牌西服穿着我的阿迪达斯球鞋在北京街头彷徨无助，然后他拎着他爸爸的LV皮包抬头张望公车怎么还没来，他站在火锅店门口犹豫，到底要不要去吃，但是电费还没有交。我所遇见的最潇洒的少年，他蹲在路边像一根杂草，微风吹过忽然趔趄，睡倒在路边，这太可怕。

他终于忍受不了，有一天夜里，给我发短信，说他妈妈来北京看他了，他打算这次跟她回去，学点东西，挣点钱再出来闯。

这正是我所希望看到的结局，几天之后，段况白在老家给我打电话，问我需要不需要钱。

我说不需要，这时候我也渐渐稳定，有一份还算安稳的工作。然后我们就各自道别，各自回到忙碌的生活里，很少有联系。

我有一天又忽然想起那一百一十七万女孩来，我越想越觉得这太奇怪，我派了一个人去跟踪段况白，几天之后我听见一个熟悉到不能再熟悉的名字，像利剑一样刺穿我的耳膜也刺穿我的心，我开始觉得这人生真的如此奇妙，得失欠还，真的都是计算好的。

那个叫段况白魂牵梦萦的女人叫段况白不顾一切的女人，叫段小弗，在烟城，段况白、段小弗、段微微是著名的“有三段”。

段小弗。

段小弗，我怎么就没想到呢？不是她，谁会提出一百一十七万这种离奇精怪的想法，而城市那么小，他们终会相遇，终会相爱，终会分开。

你的天使，总会在你面前张开巨大洁白的翅膀，然后飞得很高很远。

我也终于知道段况白为什么一直在我面前支支吾吾，他有一个秘密，他的秘密也是我的秘密。

几年前段况白回信给我说你等着，你欠我的姑娘迟早要还给我。

这多像是报应，又像是个笑话。

我不想再说些什么，我早就说过这个故事开始在中间，它很精彩，它还没有完结，结局还早，精彩的还在后面。

一百一十七万，你会嫁给我吗？

我把椅子想象成一片海洋，闭上眼，屏住呼吸，让我沉没下去，一直沉下去，沉没到漆黑宁静长满水草的海底去。

04 蔓珠莎华

A manjusaka

我看见了周云声，他穿一件崭新的Dior homme白衬衫，理一个很前卫的发型，站在自家门口两个大半人高的石狮子前，托着腮在晚风中低头沉思。

我特意绕路过来看他，我停住，注视着他。

他也看见了我，但是已经认不出我来。

我低下眼睛，转头要走，这时候周云声突然呵呵笑了起来。

然后他说，苏戏有双世界上最好看的手。

我又回头去看他，太阳已经完全落下去了，周云声的白衬衫在模糊的天色中，显得格外刺眼，好像一片雪突然下在眼睛里。

疯子周云声，烟城大亨周通最疼爱的小儿子，他是我的好朋友。

我站在那看了一会，天已经完全黑了下去，周云声还是站在那一动不动，有时候低头沉思，有时候歪着头像个孩子，有时候他开口说话，但总是说那么一句，苏戏有双世界上最好看的手。

那声音顺着空气极轻却清晰地灌入我的耳朵，在我的大脑里旋转，我不停听到苏戏的名字，我一直看着周云声，他现在像一个笑话，我一直去想我们过去的事，但我脑子空茫一片，周云声的眼睛空洞得像一个黑洞，要把一切都吞噬进去。

我按住自己颤抖的肩膀与下巴，转身往前走，我要走过前面的大铁桥，我本来的目的地，是另一个朋友的家。

过桥的时候，我突然走不动了，我就站在桥中间，脚下一米就是漆黑黑的河水，河的两岸都是星星点点的灯火，原本想不起的事突然全部出现：河的这边是我们的家园，河的彼岸是我们童年最向往的神秘之地，我们从小在河边长大，我们在这里度过了几个暑假，周云声在前面奔跑，段况白就快要被淹死了，我躺在河滩上我没有烦恼，然后我们遇见了苏戏……这河里的每一滴水，都藏着我们的故事，可是它们这样日复一日，要流到哪去呢？而属于周云声苏戏的那个故事的那一滴，它是否早已干涸？

漆黑的桥上，一阵风吹过，眼泪滴在我的球鞋上。

我问段况白，你恨苏戏吗？

段况白拿烟的手晃了一下，说，恨，以前我只是讨厌她，现在则变成了恨。

我说，可是她已经死了啊。

段况白说，就是因为她狠心地死了啊，他们两个人，一个死了，一个生不如死，你说残忍不残忍。

我点点头，想起刚才见到的周云声，又想起刚才自己在铁桥上，默不作声了。

段况白抽完一根烟，又点上一根，长吸了一口，说，你还记得我们第一次见到苏戏是什么时候吗？

我怔了一下，点点头，说，我回来之前还在火车上拼命想，却都是模糊的影子，刚才突然什么都想起来了。

段况白说，我也是最近几天才慢慢想起来的，之前许多时候，我甚至忘了，这世界上曾有过这么一个人。

苏戏并不是一开始就出现在我们身边的。最开始的时候，段况白还住在河的这一边，我跟他还有周云声是自小长大如兄弟的街坊少年帮，我们好得就像一个人，是长平街上绝对不能惹的三个小阎王。

我们在这条街长大，也在街下面的河岸边长大，街是我们日常的生活，而河岸则是我们的秘密基地，是我们创造的世界。

我们从河的某一段开始，在这里寻宝，探索未知的一切，那里有一条小水沟，那里有个小山坡，那里有个神秘莫测的洞穴，每当午后时分，我们聚到一起，便开始热烈的讨论，那个属于我们的天地。

不断有新的惊喜被发现，我们沿着河水逆流而上，在岸边经历童年的冒险，少年的探险，经历过一个又一个新世界，我们以为可以这样永不停止，因为没有人知道河流的源头在哪里，也没有人知道这世界的尽头在哪里。

我们的终点停在了一座桥的面前，那一年，周云声十六岁，我十五岁半，段况白十五岁，我们都正在察觉有什么东西悄悄地改变自己，因为不知道是变好还是变坏，我们彼此都没有过交流。

我们站在了一座桥前，某个夏日黄昏起风的片刻，少年没在高高低低的杂草丛中，眯起眼睛犹如见到彩虹突然矗立在眼前。少年静止住，河水在流动，风在流动，黄昏的余晖也在流动，少年愣了片刻，心也跟着流动，像被眼睛忽略的云，飘忽不定，每一朵都有它的方向，每一朵也不知道自己要飘向何处，变成什么样的形状。

我一直以为，我们由一个人变成三个人，就是从那个黄昏开始的，落日照斜了我们的影子，我们各自回家，对桥抱有了各自的幻想。

我觉得很沮丧，从最开始的时候一直到现在，我都想一直走一直走，看看河流的源头，它是不是一面望不到边的湖水，湖水模糊了远处的山，有飞鸟鸣叫着飞过。

段况白则觉得无所谓，他身上有一种莫名其妙的乐观，他觉得这里有这里的乐趣，那里有那里的快乐，如果本来一直往前走的路突然变成要拐弯，那一定是拐弯的地方有更多的风景可看。

三个人中最执著的人是周云声，他爱深究，为什么是这样开始，为什么是这样改变，为什么会走向这样的结局，他一直都不明白，这样的因未必通向这样的果，命运像是一颗果实深埋地底的植物，只有果实挖出来的那天，你才会明白它为什么会开出那样的花。

所以从见到桥的那天起，他就非常渴望去彼岸看一看，如果不去了那里，他也不会遇见苏戏，遇见了苏戏的那天起，他就非常渴望占有她，然后发生的一切，过去的种种，我们的人生啊就像是被安排好的一样。

我想起我写过的一个小说开头的这句话，叹口气，继续慢慢地往家里走，我在漆黑的夜晚一个人在新建好的河堤上走，在我的身后，新的大桥已经取代了过去的铁桥，河水也已经干涸，露出的河床长满了杂草，旧的世界已经不复存在了。我从回忆里抽离出来，在长长的河堤上奔跑起来，这要是一条没有尽头的路该有多好啊。

有一瞬间我突然觉得我的影子斜了一下，心也跟着剧烈跳动起来。

后面有人在跟着我。

只有一个人。

是谁？

我认识他吗？

我定定神，不敢回头看，我没有停下来，加快了速度跑了起来。

跑吧，跑吧，一直跑吧，前面是漆黑黑的新的世界。

第二天一大清早我就睡不着了，我躺在床上，睁着眼睛，似乎还能听见窗户外面有人喊话，多年前邻居小九跟他暴躁的爸爸，他们都会很用力地开关他们家的大铁门，那时候我总是被哐的一声吵醒，翻个身又睡过去。

闭上眼睛，其实是什么都看不到的，现在我们家住在十九楼，窗外再没有邻居。

没过多久我又听见熟悉的声音，熟悉到我认为我又睡过去了在做梦，又想一下，确认一下，没错，是段小弗的声音，段小弗来了。

我还是没有起床的打算，前几天才下过雪，天还冷得很，被窝很暖，我正挣扎着，然后段小弗推门而入。

我翻个身，不看她，装睡。

段小弗走过来，就像许多年前一样，她坐到我的床边，接下来她要伸出手来探我的头。

她没有伸出手来，她的手塞在外套的口袋里，她只是坐下来，她只是习惯了坐在那里。

“嗳，起来吧。”她冲我说话。

我装没听见，一动也不动。

她又说了句，快起来。

我闷哼一声，还是没有动。

她终于忍不住过来摇我，我醒了。好像一个梦做了很多年，终于醒了。

梦醒了，所以我只能看着她，却不能再拥抱她。

我只能说，你怎么来了？

段小弗说什么叫“怎么”？我不能来吗？

我说，不是，我只是很意外。

段小弗说，没什么好意外的，听说你回来了，就来看看你呗。

我说段二说的？

段小弗说，没有，其实是我猜的，我想你肯定会回来的。

我点点头，为了周云声。

段小弗也点点头，为了周云声。

气氛有些冷，段小弗慌张一笑，说，好了，快起来，我们逛逛去。

我说，你不出去，我怎么起啊。

段小弗瞪了我一眼，说，小样，你身上什么地方我没有看过？

我说，好了好了，去客厅吃个苹果，我一会就出来。

我穿好衣服出来，段小弗正愣愣坐在沙发上，不知道在想什么，我过去在她面前晃一下，她才回过神来，说，好了啊，我们走吧。

我们出了门，走出了小区，走上了马路，又重新走在了这个城市里。

段小弗有些瘦了，头发越来越长，显得有些莫名的忧郁，一路上她不再吵吵闹闹，也不再想吸引路人的目光，我们就这样安静地走着，甚至不知道要去哪。

我们去哪儿呢？我们又能去哪呢？（到现在我还是没有找到答案呢。）我把问题抛给了段小弗，我问她，我们去哪儿呢？

段小弗说，其实我本来是想找你去“倾杯”喝茶的，再叫上段况白或者小九，我们叙叙旧，可是现在太早了。

我说不早啊，广东人都喝早茶的，我说了半句话，又忽然想到什么，我又问段小弗，你居然跟段二还有来往？

段小弗说你这人这几年在外面待得怎么有点怪怪的，什么叫“居然”？

我说，你别装糊涂啊？一百一十七万，你会嫁给我吗？

段小弗没有接话，低头沉默了一会，然后突然笑了。

我有些奇怪，就问她，笑什么？

段小弗说，没什么，就是觉得段二挺神的，我讲了一个故事，他就信了，然后还真的跑去北京，不挣到钱绝不回来，哈哈。

我说，你也挺神的，这座城，也就你们两个神人。

段小弗突然注视着我，良久她又开口说话，像是刻意解释一样，说，我跟段二真的是心血来潮，起哄在一起的，我们真的不合适。

我躲开她眼睛里多余的东西，想用调侃把它化解掉，我说，哪能不适合啊，一起疯啊。

段小弗没有白我眼睛也没有骂我，她只是叹了口气，然后说，算了，都是过去了，我们去四平街那家面馆吃面吧，你以前很爱吃的。

我点点头，手伸在裤子口袋里紧紧攥了一下，我想了周云声说过：

我的心好像被苏戏攥在手心里，怎么样都会疼啊。

我跟着段小弗开始短暂又伤感的一次环城步行。我们去面馆吃面，面馆的老板居然还能认出我来，我们从四平街一路走来，段小弗说虽然很多店铺的老板已经不认识她，但是她欠他们的钱还是没有归还。我们又从城市的一边走到另一边，走过一条一条大路，一道道巷子，走过渐渐苏醒的一幢幢房子。每过一条路，我其实都想停下来，把往事回想一遍，可往事那么多，它们像那些新建立起来的高楼一样越叠越高，叠成一座座山，压在心头不能挪动分毫。于是我们只能绕过它，一直到最后我们才发现，城市已经变成盆地，那些山的阴影掩盖了一切，也包括我们的回忆。

走路变成是一件很重要的事情的那一年，我的天使出现又离开的那一年。

在某一条街口，我再也不能忍受，打了一辆车，我跟司机说，过去那座大桥，停在那幢高高的房子面前。

段小弗并没有阻止我，她跟那桥面上的河水一样，不再流动，被困在一个个沙滩中间，变成平稳却落寞的小池塘。

她甚至忘了告诉我，在面馆吃饭的时候，她看到了她不应该看到的周云声，站在马路对面，冷冷地望着我们，又或者是出神地望着我们。

在段况白家吃了午饭，他们俩为了纪念曾经的“爱情”喝了点酒，在我的一再劝阻下，段况白还是喝多了，开始耍酒疯，嘴里一直喊着要把对面骂街的泼妇一巴掌拍死，段小弗喝得头有点昏，摇摇摆摆去楼上客房睡觉了。

我只得一个人去转悠，在一个游戏机房胡乱输掉了几十块之后，我决定一个人去河滩上走一走。

这里就是彼岸了，当我们遇见桥之后，这便是改变我们人生的一个象征。

以前是无法从那里直接走到这里来的，以前这四处是河水，深不见底，最好的游泳好手也不敢经过这里，人们敢逗留戏水的，是河的另一边，也就是我们生长的那一片水域。

那一年夏天，我们没有选择从桥上走到彼岸去，因为桥通向的是小小的街市，是人烟袅袅的世界，我们所想探索的，是河滩上，那茂密的芦苇后面，那细细的黄沙下面，以及那些我们根本看也看不到的地方。

我们选择了游泳，从河这边游向河那边，都很害怕。我跟段况白虽然从小在河边长大，但其实是旱鸭子。

除了周云声，我们还有一条鱼。少年时代的周云声就像一条鱼，在河里，他从这里到那里，突然出现又突然消失，他英勇地救过一个落水的儿童以及落水的段况白，冬天，河水冷得刺骨，他当着我的面，脱得精光，然后扑腾跳下去，两分钟后，我正要去大喊救命，他神秘地浮起来，就在我的面前，贴着我的脸大笑两声，再消失不见。

为了让我们也能过到彼岸去玩，周云声几乎摸遍了整个河床，他找出了一条线路，河床最高，趟着过河刚好露出鼻子和眼睛，我跟段况白跟着一条鱼，像两只河马，过了河，踏上了那片金黄细软的沙滩。

我们又找到了新世界，我们到了芦苇的背后，开始了新的探险与游戏。

我们就是那个暑假，遇见苏戏的。

芦苇后面是下雨积的一个个大小不一的水塘，水塘就像是露天的游泳池，没有陷入淤泥与河井的危险。我们便不再去河里玩，躲在高高的芦苇后面也不容易被别人发现。

有一天我们的秘密基地突然闯进了陌生人，另一群跟我们一样在夏日没完没了发泄精力的少年们。段况白一看就急了眼，上去就要打跑人家，还没跑过去又停下，我们三个人几乎在同时间，看到那群人里，有一个女孩子。

那女孩子头发盘在头上，头发很黑，眼睛更黑，皮肤却很白，像镜子一样折射光芒刺着我们的眼睛，她穿了一件男生的黄色大TEE，跟着那群人慢慢地走过来。

越来越近，越来越清晰，单薄的似笑非笑的唇，俏皮的下巴，细细的胳膊和小腿，还有那藏在衣服里面年轻的身体。

那群人从我们身边走过，纷纷落到不远的另一个水塘里，玩闹起来。

我回过头看了看段况白跟周云声，段况白啐了一口，那意思是就知道他们不敢过来跟我们抢这个最大的池塘，周云声半天还没回过神来，我听见他嘀咕了一句，真美。

我也没有太在意，就跟段况白打着玩去了，周云声一个人则躺在水里，像躺在浴缸里，闭着眼睛，不知道在想什么。

过了一会，刚才那群人估计玩腻了，又折回来，要原路回去。

一群光身子的男孩簇拥着一个女生走过来，我们的目光都落在那个女生身上，她那么漂亮，身上的水滴都没干，像钻石一闪一闪，她的大TEE被水弄湿后完全伏在身体上，显露出女性特有的曲线。

那是我一次开始察觉女性曲线的美，之前在电视里或者书上看的远远没有那次惊心动魄，就像山丘，就像峡谷，就像云朵，就像新的世界又来到，太阳好晒啊，空气好干啊，吞一下口水，手放在水里但全是汗，脸红心跳，突然发烧了。

只看一眼，不行，再看一眼，还是不行。

再看一眼女孩子已经走过去了，又留下了一个无比美好的背影。

再看一眼，直到背影模糊了，在热浪中被蒸发怠尽，消失了。

我们三个人互相望了一眼，我说，这哪的姑娘啊？你们认识吗？

段况白摇头，说，不过我认识他们其中有一个男孩子，就住在那边，他手一指，是对岸离我们家更上游的一个地方。

周云声听见段况白这么一说，先是眼睛一亮，跟着嘿嘿一笑，说，她姓苏，叫苏戏。

我说，吓，你怎么知道？

周云声说你是聋子啊，没听见他们叫她嘛，周云声跟着又嘿嘿笑起来，从池塘跑到河岸边，一头扎到了河水里，也从此一头扎到了这个叫苏戏的女孩子的生命里。

那一天见到苏戏之后，周云声便天天坚持要去河对岸芦苇后面的池塘去，他以为他还会遇见苏戏，那片池塘成了他隐晦的应许之地，在两年后另一个夏天重遇苏戏之前，周云声夜夜不能安息，大好的青春被莫名的欲望占据着，消耗着。

这样飞快地过去了两年，两年后的夏天我们已经不再流连那条河了，我们重回到城市，在大大小小的街道奔跑，我们无力地成长，开始认识这个世界，开始重新认识每一个人。

我们三兄弟毫无意外地在青春期都变成了坏孩子。段况白家的生意越来越大，他们家搬到了河的另一边，圈地盖楼，俨然是新世纪的地主家庭。这个时期段况白总是失踪，连天连夜地失踪，我在学校里上课的时候一抬头看见他爸爸，知道他准是又失踪了。

对于他爸爸急切的询问，我通常都是三个字，不知道。我是真的不知道，段况白跟着那帮坏小子，那个时候身上似乎有花不完的钱，有一天晚上我接到段况白的电话，说你猜我在哪呢？我说我才懒得猜呢，你别死在外面就行。

段况白说，我在兰州一个地下赌场里看人赌钱呢，嘿嘿。

段况白最反对赌博，他冲动，不晓得该出手时才出手。我最喜欢玩牌，因为我一直运气不错，总是赢钱，少年时代许多开销都是赢来的，也算是三个人中败家最少的一个人。

三个人中，最爱女人的是周云声。这也难怪，长了一副好皮囊，家里在本地又几乎是家喻户晓的“名门”，最难得的是，周云声天生有颗多情的心，他的名言是：从小缺钙，长大缺爱，寂寞难耐，谈个恋爱。

我曾经给苏戏起过一个外号叫“大补丸”，周云声一直补来补去，祸害了不知道多少姑娘但都没什么成效，自从跟她在一起后，俨然营养过盛，补过了头，再不正眼看任何女人。

又是暑假的某一天，我们在蓝月歌舞厅再一次遇见了苏戏，她还是那么漂亮，眼睛很黑，头发更黑，在舞厅长长的走廊上，周云声的烟夹在手上烧到自己也不知道，就突然又呆在那里。

你看到了吗？

什么？

苏戏。

谁？

我的爱。周云声突然幽默了一把，不理我往里面走去，找苏戏去了。

我还是没想起苏戏是谁，只惦记着窗户下面的暗巷子里的械斗，那里段况白拿了一根可乐瓶那样粗的木棍，一棍子打到面前一个蹲着的人身上，跟那人同时闷哼一下，棍子断成了两截。

等段况白完事了上来，我们进到舞厅里找周云声，找了半天发现他坐在陌生人的桌子上，早就跟那几个女孩子打成一片。

又开始补了，段况白嘀咕一声，回到自己的位置坐好，我也跟着过去坐下。

再后来周云声就带着这三个女生跟我们一起吃饭去了，在大四季酒楼，阔气的周少爷点了一桌子的菜，三个女生其中有一个不停在那唏嘘，啧啧，啧啧。一个看上去很害怕，筷子掉在了地上两次。

我终于记起来一直不动声色的那个叫苏戏的女生两年前我见过，那个瞬间两年前周云声那充满欲念的表情又突然清晰，我忍不住偷偷打量他，又偷偷打量苏戏。

他没有变，她也没有变。

其实那个晚上，我很想告诉周云声的，我觉得苏戏不是好对付的女孩，不是他能对付的女孩。她的眼睛超过同龄人的深邃，看不到尽头，也看不到源头，甚至没有光，黑得就像黑夜。

吃过饭后，周云声就带三个女孩子走了，我去打牌，段况白说他去找老麻喝一杯，我们就这样分散开了。

我的话恍惚了一下，再也没有说，当时不知，以后并没有说出口的机会。

好一场恍惚，如梦初醒，仿若隔世。我在沙滩上清醒过来，起身要离开。

再回头看一眼身后的事物，金黄色一直不知道通向何处的沙，高高的芦苇明年又要长出新的来，还有那些大小不一的积水的池塘，已不能分辨出哪一个曾经是属于我们的那一个。

还有那些细细碎碎的脚印，是谁离开了？又是谁来过了？

天又要黑了，明天就是苏戏的葬礼了。

回到段况白家，两人都已清醒，正在包厢里唱K，我坐在一旁，听段二唱《爱我别走》，又听段小弗唱《很爱很爱你》，觉得这样的时光真好啊，好像回到十八岁最开心的那个冬天一样，可惜现在只能有短暂片刻，短得甚至像瞬间。

吃过饭我们决定出去玩玩，段况白说东城新开了一家夜总会，又大又豪华，什么都有，我们就去那。

他话还没说完，段小弗说，其实什么夜总会都没有当年的“蓝月”好玩。

她说这句话的时候，我的心脏跟我的眼睛都剧烈地跳动了一下，我仿佛又看见一个女孩，手上夹着一根摩尔，黑衣黑裤像个杀手。

有火没有？

我有些不安，忙说，去坐坐吧，把能叫上的人都叫上。

我这么一说，他们两人慌忙去打电话，这两个地头蛇两个神人用难以置信的速度与精准度通知了许多甚至我连名字都忘记的人，晚上八点，某某夜总会，不来你就死定了。

段况白叹口气，说，除了周云声跟苏戏，今天晚上都会到。

我说，那还蛮寂寞的，少了两个角。

段小弗说，现在的夜总会有他们自己的角，已经不是我们的时代啦。

段况白接过话说，好了，我们先去开VIP，别给人占去了。

十分钟后我们坐到了那个目前全城最大的夜总会里最大最豪华的包厢，装潢高雅，设备先进，连包厢里的洗手间都分男女。

约的人陆续都到了，我唱了一首歌之后坐在沙发一角，偶尔有人找我说话聊几句，大多数时候我盯着某一处不出声。

我不再觉得这种声色场所好玩了，不会有小姑娘跟我借火了，因为我根本不抽烟了。段况白也不会慌张地跑过来说，快闪，我把谁谁又给打了，苏戏也不会再眯着眼睛对我说，其实你一直不说话，但是什么都看在眼里。当然周云声也不会再穿着笔挺的白衬衫，像一只蝴蝶来回穿梭。

他就是周云声，周通的儿子。

他好帅啊！

这种人不可靠的，换女朋友跟换衣服一样。

周云声，你告诉我，她是谁？

周云声，我恨你。

周云声！我忽然听到包厢外有人叫他的名字，我冲了出去，四处寻找，都是不认识的像来自未来的十八岁少年，都是再也看不懂的人烟。

这不是蓝月歌舞厅，这是大梦宫夜总会，我跑去卫生间，对着镜子里的自己说，属于我们的精彩早已经不再了。

又坐回包厢，持续着长久的沉默，段小弗走过来，说，你又想到了从前？

我说是啊，我没法不去想。

段小弗说，其实他们的故事我一点也不了解，我只是一再听说，听说到如今，都成了传说，周云声真的那么爱苏戏？既然如此，苏戏又为什么要害他呢？

我说，都是因为爱吧。

段小弗说，你给我讲讲吧，我想听。

我点点头。在这样的夜晚，时光好像倒退一般，每个人都禁不住会去回忆，那些像碎片一样的夜晚，不是这一夜，就是那一夜，夜与夜，叫我们难以忘记的夜夜夜夜。

让我们把记忆拼凑起来，拼成一个完整的故事，一个完整的伤感的故事。

八年前，蓝月歌舞厅杀人事件。

在蓝月歌舞厅里，每个人都应该记得有一对情侣，男的像巨大的星星，女的像皎洁的月亮。他们必然被命运牵引着恋爱了，月亮需要星星的光芒来照亮她，星星需要同样会发光的月亮的陪伴。

其实在他们相恋之前，月亮就有另一颗星星，但当她遇见现在的这颗星星，她就放弃了过去的那一颗，因为现在的这颗星星太巨大了，她觉得星星越巨大越好，越巨大她能折射的光芒就越多，她一直这样，在宇宙里不停寻觅，下一颗更巨大的星星。

月亮与这颗星星在一起的时间很长了，渐渐她也习惯了与他相随，而星星则更不能离开这个月亮，他觉得自己好像找到的是太阳，他变成了卫星，不停地围绕着她旋转，虽然有许多小的可能更适合他的月亮在他的周围停留着，他视而不见。

他太自信了，他一直都是天空中巨大的星，发出璀璨的光芒吸引着别的星星，别的月亮，甚至是地上的人们。他想着他现在拥有的这个月亮一定很满足，她再也不会离开了，他不在意她的过去以及宇宙间各种各样的传言。

可是这些传言却是真的，月亮厌倦了他，开始觉得他的光芒很微小，她决定去一个新的更大的星系，去寻找更巨大的星星。

她就像一个天使，突然张开巨大洁白的翅膀，现在要飞走了。

她的星星痛苦极了，他苦苦挽留月亮，但是月亮的心就像铁块一样硬，她有更想要的东西，她要离开了，她必须离开。

终于在一个寂静的，所有的星星都沉睡的夜晚，星星用他巨大的身躯一次次地撞向月亮，他要把她撞成碎片。

一想到她要存在于别的宇宙，在宇宙中轻轻起舞，但不是为了他，他就不能控制自己的愤怒，他要毁灭她，毁灭她的存在，没有了她，自己就不会变得黯淡无光。

可是他太愤怒了，变得神志不清，他并没有毁灭月亮，他撞偏了……他脱离了自己的轨道……

故事讲到这里，我突然哽住了，就如我说的故事一样，黑洞出现了，到处都是碎片，撞开每一颗星星，它们四下奔走，宇宙变成红色的，生命全都被吞噬了，一切，一切再次混沌一片。

那个可怕的夜晚，那个我不愿意再想起来的夜晚，周云声对我说，你知道吗？我的心好像被苏戏攥在手心里，怎么样都会疼。

但是现在可以放弃了，因为它已经被攥碎了。

他要去杀苏戏，杀那个拥抱着苏戏的男人，却一头撞在了大理石桌子上。

我伸手去扶他，满手都是血，我尖叫了一声，蓝月歌舞厅的音响突然停了，世界都停了几秒钟，又有一个人大叫一声从外面冲进来，是段况白，然后几乎所有的人都仓皇地喘气着往外跑，只有苏戏冷冷地站在不远处，她的眼睛比黑夜还要黑。

我几乎颤抖起来，段小弗拉住我手，说，别怕，都过去了。

我没有说话，只是觉得段小弗的手如此熟悉却又陌生，她握着，时而紧时而松，她还像一个谜题一样，永远都不给我正确的答案。

我轻轻推开她，从包厢走了出去。

此后我又变得很沉默，后来段况白开车送我回家，他说，你猜我在夜总会遇见谁了？

我说，你遇见鬼了。

段况白说，也差不多了，我遇见周云声了。

啊？我大吃一惊，你没看错吧？

段况白说这世界上我唯一不会认错的人就是他跟你。

我说，那他在做什么？

段况白说，我在走廊里看见他站在那不知道在看什么，一转眼却又不见了。

我没有再问下去，有些害怕，那个晚上我失眠了，一遍又一遍地去想过去关于周云声的事情，我决定明天参加完苏戏的葬礼，片刻也不多待，马上离开这里。

第二天居然落起冬雨，天有些阴晴不定，段况白开车来接我，我们又去接了段小弗。段小弗虽然跟苏戏不是要好的女伴，但总归混在“蓝月”，大家都是朋友。

到了殡仪馆叫我们吃惊的是来的人居然非常多，想苏戏离开烟城多年，还以为早被遗忘，没想到念旧情的人如此之多，在附近待了一会，更是吃惊，举办这次葬礼的居然是周家，而来的很多女人（曾经是女孩）都是周云声的旧爱，时光荏苒，有的人死了，有的人一直活着，一直改变。

我觉得有些疑惑，又想起回来的时候去见周云声，他还穿着崭新的Dior homme白衬衫，突然心头一酸，这一定都是周的家人所为，目的无非就是唤醒周云声，召唤奇迹的出现。

这是个像星星一样闪耀过的孩子，周家三十五代，出过的最英俊的一个少年。

我们叹息着走到礼堂里，一眼就看到苏戏的遗照摆在正中，那大概是她十八岁的时候，头发好黑，眼睛更黑，眯起来微笑着，像一只骄傲的兔子。

没有看到遗体，遗体应该在上海的时候就火化了，现在只是举行个仪式。

我们对着遗照拜了拜就算完成任务，周家的人对我们很客气，要留我们吃饭。我拒绝了，我一心只想快点结束，早点离开。

这么多年了，应该结束了。

我们三个人都没有表现得很悲伤，因为对于苏戏，我们真的一开始都只有恨，现在她死了，恨没有了，但并不能产生别的感情。

我们来出席葬礼，与其说是对死者的尊重，倒不如说是对爱着死者的好朋友的尊重。

离开的时候，段小弗要去洗手，我们从礼堂的这头到大楼的那头去找洗手间，经过一个房间的时候段况白突然停住，他站在那里像被吸住了一样。

我跟段小弗一边问怎么了怎么了，一边走过去，然后两个人也呆在那里。

周云声。

周云声坐在空荡荡的房间里，睡着了。

他的爱人在前面的房间举行葬礼，他在这睡着了。

穿着黑色的礼服，左臂上有代表亲人死去的臂章，他歪着头睡在那里，纹丝不动，他的睫毛好长啊，他的轮廓好深啊，他的嘴唇咬着真好看，他的手松开着，不再想抓住什么。

他不是个疯子，他就是个孩子。

他不是个孩子，他是一个天使。

我们三个都没有说话，但都看到彼此眼中的眼泪在转动。

睡吧，我的朋友。

忘记那条已经干涸的河，忘记那些芦苇。忘记那座桥，还有桥通向的彼岸。忘记那些池塘，忘记你在水里像一只鱼。忘记那些暑假，忘记闪亮的夏日，忘记你遇见的那个人，忘记她光洁的手臂跟小腿。

忘记你的青春，忘记你的时间，忘记你的前半生。

忘记你纯真的欲念，忘记你绝望的思念，忘记你求死的信念。

忘记我们，你的朋友们，他们已经黯淡无光，无法照亮你前进的道路。

忘记她吧，忘记她的黑头发，细碎的黑头发，忘记她的黑眼睛，眯起的黑眼睛，忘记她曾经来过，忘记她走了，忘记她曾经存在过。

也忘记你自己，忘记你是巨大的星星，忘记你的光芒，忘记你的那些月亮们，忘记你的宇宙。

你看，你永不曾永不会了解这些也好。

你不用了解她在外面吃尽苦头，四处碰壁、逢迎、委身、算尽机关，最后却葬身车腹。

你不用了解过去的那些美好的少年鸟兽尽散，再后来四处逃窜，一个个狼狈不堪。

你不用了解这世界残酷善变，它总是改变我们，再改变我们，它扭曲一切，不给我们喘息的机会。

你不用了解段况白越来越虚弱，喝醉了酒在街头被一群孩子追打。

你不用了解我无法再来探望你，我的人生像有去无回的一场旅行。

时光旅行中，我们都不知道应该去哪，只有你，只有你没有变，穿着最新潮的衣服，过最悠闲的生活，能很轻易地就入睡，在晚风中看夕阳，反复念爱人的名字。

不用伪装，不用压制自己，不用低着头不想别人看你的脸。

不用像我们一样一直想回头走，脚步却不停向前。

我的朋友，我们曾经好得像一个人；可是我们注定要分开；我的朋友，属于我们的精彩早已经不复存在；我的朋友，我总是在想念你，想念有你的那几个无忧无虑的暑假。

我的朋友，你安心地睡吧，你要到达的彼岸早已到达，你想要的东西，她又回来了，除了你，其实她从未拥有过别人。

我的朋友，你快醒过来吧，看你的爱人一眼，看我们一眼，看看这个世界。

我的朋友，谢谢你曾在那里，还在那里。

再见。

我看见段况白的眼泪跟鼻涕都抹在脸上，他像疯了一样跑了出去，不知道要跑到哪去，或者随便跑到哪去都行。

段小弗拉住我的手，握紧，却被我轻轻地松开。

周云声还在睡，他在一个冗长的大梦里，是醒不过来了。

两个小时后，我带着简单的行李，已经坐上了回南方的列车。

冬雨越下越大，慢慢变成一场雪。

段况白给我打电话，说他开车经过那条河的时候，看见有一个人，站在河边，不知道在干什么，然后他一眨眼，那个人就跳了下去。

我说，你认识那个人吗？

段况白说，不知道啊，雪太大了，只看到那个人跳了下去，非常麻利，就像，就像……

就像什么？

就像一尾真正的鱼一样，他潜了下去，就再也没有浮上来。

05 你的样子

Like a shadow

我打电话给塞宁，告诉她我现在的位置。我又在出租车上昏睡过去，醒在一条完全不曾来过的马路上。我在北京总是这样，在家里睡，在各种交通工具里睡，我还不止一次睡倒在饭店里，周围的人在喧哗碰杯，我像一张桌子或者一盏灯，一动也不动，失去了生命。

我并不清楚，我为什么要从南方来北京生活。有一夜凌晨两点，我去便利店买东西，随手去翻门口的报纸，这时候便利店阿姨非常势利地说：不买不要摸。我回头瞪她一眼，然后说今天的报纸我全买了，这个中年女人很吃惊，然后给我拿来大袋子，我说不必了，然后随手抄起一张报纸撕开，撕开，撕碎。我撕了很久，后来脚底全是纸屑，有一些纸屑被空调吹起来，像不知道从何处吹来的雪。

那个中年女人吓得呆在那里，直到我离开。夜很深了，如果有路人经过，刚好看到刚才的情景，他肯定认为他看到一个疯子，那个人站在便利店门口一直撕报纸，他一直撕就像要撕碎这个世界。

我想，也许因为我觉得我再在上海待下去，我会真的疯掉，所以我来了北京，一个更加混乱与庞大的城市，像是在北方另一个世界。

我叫戚小双，或者应该还有一个别的名字。我是一个两年没有摸过纸牌的职业赌徒，又或者我也不知道究竟该如何介绍自己。这一年的白天我在某电视台的儿童节目做制片，晚上总在街头游荡，我的头发比以前长了，很瘦，黑眼圈越来越重，一脸的倦意，说话的时候不想看别人的眼睛。

在南方的时候，我常常这样想起我自己的样子，我在街头游荡，我有多狼狈。我站在路灯下张望，我蹲在街心花园看影子，我在高架桥上看远处突然升起烟火，烟火它一刹那闪亮天空，让我觉得我根本无处可逃。

我有时候很渴望倾诉，来说说这一切。最开始我在网上写日志，这是很方便的事情，不管我在哪，我都能即时记录一些事，以此来平复情绪，排解难堪以及对抗时间。但是我后来发现，日志总是被人偷窥，我的点击率触目惊心，每天都有不知道从哪里涌过来的人停留在我的页面上，他们偷窥，他们窃喜，他们共鸣，他们猜测网络另一端的我，坐在那里，穿的是黑衬衫还是白T恤，那个人有一张怎么样的脸。

我不写日志之后渐渐变成了一个话痨。我总在说，跟朋友说，跟医院的护士说，跟出租车司机说，说的话题包罗万象，跟朋友讨论名牌跑车的廉价内饰，跟出租车司机讨论原油市场与世界大战，跟医院的护士讨论护士长的更年期和家庭生活……我每天不停地说，把同一个段子同一句话同一个表情反复练习，到最后连我自己都觉得很烦，可是我又无法控制我自己。

终于那天，在便利店我吓了一下那个中年店员也吓到了自己，因为惊吓我一下清醒过来，我于是打电话给塞宁，我说，我要来北京，你要来接我。

这件事说来还是奇怪，之前我并不认识这个叫塞宁的姑娘。我只是在网络上的某个BBS看过她拍的照片，照片张张绮丽动人，她过着我以为的那种美好生活。我那时候甚至不知道她还是个作家，而至于后来她登台唱歌，艳光四射，这属于另一个故事，我们的时间需要被打破，这一个点，是初次见面的时候。

我从一个叫做双喜的人的手机里翻到塞宁的电话。双喜去了美国，没多久上了一条环球旅行的船，自此下落不明。他把手机丢在我这里，我经常替他接一些软绵绵的女声电话，通常我都会告诉她们双喜去了美国然后丢给她们一个永远不会上线的MSN地址，我很善良，我起码留了希望给她们。

有天晚上我突然翻到塞宁的电话号码，然后我把它抄在随身携带的记事本上，这是我许多年前学来的癖好，记陌生人的电话，原因是，天知道什么时候会用得上。

那一天，对，就是我在便利店撕报纸的那一夜，我一个人在路上孤零零地走，走累了蹲在路边翻我的记事本子，突然翻到塞宁的电话，然后我给她打电话，在寒夜里，在上海那种又小资又难看的红色电话亭，拨下十一个数字，然后嘟嘟嘟，响起了一个完全符合想象的声音。

喂。

喂。你是？

我是……

你知道吗？我终于在十五站外的小超市买到了那种五毛钱一袋的零食，可好吃了。

不是，我是……

你们那一定买不到。

不是！我……

啊！还有五彩大气球！

喂喂？

啊，怎么？

我要来北京，你要来接我。

好啊。你来啊。

电话很简短地结束了，我有些迷糊，去回想这个女孩子留给我的印象。历数诸如、极端、分裂、荒谬等等词汇，最终我觉得她是一个超现实的女孩。是一个穿披肩戴珍珠项链与耳环的黑发女孩，又是一个在酒吧里穿短裙边扭动屁股边哭泣的红头发姑娘。

这以后我在一本杂志里写，塞宁一直是我幻想中的女孩，从开始一直到我们都望不到的尽头，幻想它无边无际。

第二天清早又接到塞宁的电话，在电话里她询问我的车次以及长相，我还没开口，她说你一定是黑头发黑眼睛，窄肩膀，总是穿很香港的夹克。我睡在床上半梦半醒地看这条短信，突然醒过来，坐起来，然后开始收拾东西，就这样我来了北京。

那是二十天前的事情，塞宁真的穿着披肩戴珍珠项链来火车站接我，然后我们飞快地租了一套房，吃了个饭，片刻间居然变得无比熟稔起来。再等到晚上我们去酒吧喝酒，我们已经勾肩搭背，俨然一对相识多年的狐朋狗友，重逢在这热闹的聚会上。

这其实是很自然的事情，因为我无比熟悉这周遭的环境，吵闹的音乐，各样的男女，香烟红酒镭射灯，我在上海抑郁了很久，现在突然世界被打开，我又重到过去，坐在黑暗里，点上一根烟，所有的感觉一下回归，我十几岁的时候，宛如破碎之花的生活。

那么，突然认识一个姑娘，然后相见恨晚也是再平常不过的事情吧？

那天晚上塞宁的表情一直讳若莫深，她总是喝不醉，我想我遇见过那么多的女孩、女人，这是一个完全不一样的新人，我的意思是说，她像个外星人，我的奇遇又开始了。

那天晚上我喝醉了两次，半夜清醒，我一个人躺在北京深秋的夜里，突然想起很多事情。

我都以为我已经忘记了的事情。

接下来的一周左右我都跟塞宁在一起，我们遇见了一个难题，那就是我要在北京干点什么呢？我之前在做儿童节目，每天带着小花朵小天使小精灵穿梭于成人世界，我藏起所有的世故，把自己也变成一个孩子，躲进别人纯洁无瑕的童年，也忘记许多烦恼。现在我又重回成人世界，我开始联络在北京的朋友，开始奔忙于一幢幢灰色的写字楼，我还带了一份简历，这简历被许多公司拒绝，因为我就写了我曾经的工作，甚至没写上真实姓名。如此多次之后塞宁说，不如跟她一样写写东西，终会有一天，你只凭着你的名字，你的样子，站在那里就会不容得别人拒绝。

我一想我也还有点钱，于是咬牙切齿，对她说，就这样先混着。我变成了一个北漂闲人，跟着塞宁疯了几日，大城市总是很无趣，叫人很快厌倦。我们约定彼此回去写小说，然后互相阅读互相批评。

告别了塞宁之后，我回家，先在网上跟一个小姑娘瞎扯了几句，洗了澡出去吃饭。这是我第一次一个人在北京吃饭，在楼下的西厢面馆，我再次失控，对着一碗热汤面，我像一个饿鬼，我一口接上一口，不咀嚼就直接咽下。对面坐着一个女白领，实在看不下去觉得遇见了神经病，面也没吃完，落荒而逃。

我没有在街上走，天有点凉，我想我得赶紧回家，去想想我的小说，我要写什么样的一个故事呢？我开着电脑，关掉灯，放陈升的歌，再打开写字板，写上九月十八号，北京东大街，夜。

屏幕上的光标停在那里，我愣了好久。我想给小说虚构一个女主角，可是闭上眼是一个人的样子，睁开眼还是这个人的样子。这个人的穿着、身材、脸孔，这个人的眼睛、鼻子、嘴巴，这个人的头发、皮肤、汗毛，这个人还坐在你旁边，刚洗过澡，热气缭绕，湿漉漉地看着你玩电脑。

我终于承认，也终于清晰我的困惑。

艾丽丝。我忘不了的艾丽丝，她从南方跟着我到了北京，住在了我的心里。

我努力克制我自己，继续想我的小说。我给小说里将要出现的女孩取了一个名字叫轻微，轻微的意思就是又轻又微，我太可怕，自从我离开第一个女孩段小弗之后，我就把每一个女孩子当成又轻又微的那种存在。

在这个取名为《第十九年夏至》的小说里，轻微是这样一个女孩，她有一头叫所有人注目的酒红色短发，眼睛很大，嘴唇丰满，两耳各有数目不等的耳钉，小说最开始的时候，她穿一件黑色的长衫，奔跑在夏天的公路上。

我写到这里发现很难进行下去，因为我在干一件这样的蠢事，艾丽丝是黑色长发，我就叫轻微变成红色短发，我把这个人反过来，我把黑变成白，可是风一吹，落一场雨，被涂抹的现实还是会显露出来，我在自欺欺人。

窝到沙发上闷了很久，突然想起塞宁，我于是半夜三点给她打电话，电话那头她精神很好，问我怎么了。我不说话，我总不能说我一个大男人半夜为情所困不知道怎么办所以打电话给你吧。塞宁见我不说话就咕哝一声，说你等着，一个半小时后鬼知道她是怎么样的居然出现在我家门口。

这是个开端，塞宁见到我，我神情恍惚，她就带我去喝酒，我就喝醉，喝醉了就说秘密，如此几次，我也不知道我那些破烂的从前，已经被塞宁知晓多少。我一直都很奇怪，我为什么总是喝不过这个看上去喝一口就已经不在状态的姑娘。

我想我喝醉后，肯定说过我小时候打不过段况白结果偷吃他晚饭这件事。

那么也许还说过跟着一个姑娘夜里两点去河里游泳，结果湿漉漉地在街上拦不到出租车，只得两个人光着脚走到市区。

没准我还会告诉塞宁，我其实来自遥远的B0133星球，我接近她只是为了抓她去做实验。

我每次醒过来问塞宁我说了什么没有吗？她的表情总是很平静，笑而不答，她骗我，她说我喝醉了会变得安静，其实我比谁都了解我自己，我喝多了就会变成真正的话痨，最出名的一个段子，我把大家伙堵在饭店的包厢，每个人从头说起，陪你倒数，这些年来，从下午两点说到半夜两点，最后逼得段况白又给我灌了二两白酒，我才昏死过去。

答案却是很快就揭晓了，只是没想到这么快。今天，就是今天，我在出租车又昏睡过去，醒在一条陌生的马路上，等着塞宁来救的今天。

有什么不一样呢？今天，我发现有人在跟踪我，并不是那种心理上的如影随行，是真的跟踪。有一个人，她跟着我，从我出门，到醒在陌生的马路，她就在我背后，跟着我，窥探我，跟我乘同一辆地铁，去同一间便利店买绿茶，她跟我始终保持三十米的距离，我一转身她却躲得无影无踪，身手敏捷，几乎是职业的。

我对塞宁说起这些，她眼神有些浑浊，终于叹口气，放下手中的小匙，说："那些只是幻觉，真的，也许你一直活在幻觉之中。"

我抬眼看了她，我说："那你是不是也是我的幻觉？北京是不是也是我的幻觉？我现在是不是坐在上海的家中，对着镜子说话？"

塞宁说："你不要激动，你听我说。"

我看着她，她的眼睛变得清澈透明，我于是安静下来，听她说下去。

她于是说："你知道不知道你每次喝醉后，都跟我说的是什么？"

我看着她，我低下头。我已经猜到了我说的是什么。

艾丽丝的名字再一次出现在我耳中，原来我每次喝醉，我喃喃自语的，说的都是这个人。

美丽的南方，夜上海，黑头发细眼睛的这个女孩。

我是爱上她了吗？还是我爱着我的回忆，她们一齐叫我这样痛苦呢？

我问塞宁，提及最久远的过去，最开始的我，四平路上的小混混，天使一样的女孩子，像影子一样在深夜里游荡的青春。这是痛苦的源头，是所有现在的前因，它们通向一个我无法看到的结果。

大约一年前，我独自去到上海，工作生活，人生已经渐渐修复，很少去想过去，很少深夜在街头游荡。后来艾丽丝在一辆公车上认出我，然后她选择最戏剧的一种方式接近我。她跟踪我，潜伏在我周围，终于有天被我发现，结果却是莫名其妙走在一起。

我们恋爱，我又恋爱了，于是回忆再次翻箱倒柜，伤口再次迸裂，我的戒心，我认为所有的姑娘都是轻微，轻如鸿毛，微不足道，我伤害艾丽丝，我让她走，我叫她不要跟着我，我叫她看也不要看我，让我再次回到一个人。

我又回到过去，熟悉的几乎叫人上瘾的每个夜：我带着一句话总会一个人在城市里漫无目的地游荡到深夜，从一条路到另外一条路，一个人孤零零走在夜色里像一个影子，直到我来到北京。

听到这里，塞宁说："其实你已经跳出阴影，重新爱上艾丽丝了。"

我叹气，说我不知道。然后我去看塞宁的眼睛，我说："塞宁，真的，我真的感觉到了，艾丽丝也来北京了，她就在附近。"

塞宁也叹气，那意思大概是我无药可救，她想了一想，说："那我们不如再去喝酒。"

我们回到我家楼下那家西厢面馆，先要了一打啤酒，喝完之后又要了半打，喝到第八瓶的时候我已经无法自控，我开始讲述，一边讲一边倾听，不久以前，关于艾丽丝的一切。

我说起最开始的那天，艾丽丝在我的留言板上留言，她说，如果没有认错，我想我今天在几几几路公车上看见你，你穿绿色的毛衣，一路上吃了四颗茶叶蛋。

我说起我发现她跟踪我的那天，她又惊喜又失落又兴奋又懊恼的表情——他终于发现了呢，他怎么能这么快就发现了呢？

我说起晚上她总不许我出去，现在才知道是怕我一出去就想起从前。

我说起我叫她走的那天，她的眼泪滴在我的胳膊上，像冰一样凉。

我说起我们分手之后，我经常想她，我总在想她，我出去游荡，是因为我不敢坐在家中，因为家里她无处不在，厨房里她在煮面，浴室里她在洗澡，她窝在沙发上看电视，她说，大双，起床啦，你要迟到啦！

突然有哭声，从墙壁里传出来。然后我听到塞宁轻声说："你看到了吧，他离开你，只是因为心魔存在，他以为他克服不了，也忘不了过去。"

然后一个女孩子从隔壁走出来，她有一头又黑又长的头发，细眼睛已经哭肿，她说不出话，一个劲在那点头。

塞宁说："再给他点时间，一切都会变的。"

女孩子还在点头，而我不省人事，醉倒在座位上。

塞宁跟艾丽丝把我搀扶着回到家里，艾丽丝帮我换上睡衣，洗干净手脚，关了灯，两个女孩子结伴离去。

黑暗里我睁开眼睛，然后摸索着穿好衣服，打开电脑，我想我的小说终于可以有一个很好的开头。

我写一个叫轻微的女孩，她有一头叫所有人注目的又黑又长的头发，细眼睛，嘴唇单薄，她穿一条白色的裙子，站在我家的楼梯口。

我这样写：

我不敢恋爱，因为恋爱会让我想起青春期那唯一的女孩，她的桀骜大气与古灵精怪都太过深刻，好像长在喉咙的毒瘤，一呼吸就会痛。

我不敢再爱上别的女孩子，我害怕她们有一天也突然在我面前张开巨大洁白的翅膀，然后飞远，远到最后影子都看不见。

我不敢被人察觉到我的脆弱，所以我停止在网络上写日志，我拼命掩饰我的虚弱我的慌张，我只愿意对陌生人倾诉，或者我只能装醉，然后醒过来又穿上厚厚的伪装。

而我现在最不能看见报纸，我在便利店撕报纸，我在面馆吓跑看报纸的白领女孩，我一看见报纸就会失控。

我亲爱的段小弗说，当一个人总是反复做同样一件奇怪的事情，他必定有其不可告人的目的，或者他有一个秘密。

我这次的秘密是，我第一次发现艾丽丝跟踪我的晚上，她笨拙地试图用一张报纸把自己挡住，想让我看不见。

那张报纸上面写着：烟城籍女子苏戏因车祸命丧上海，生前曾和“上海四少”之一的伍端成有染。

那晚，我又恋爱了，漆黑中牵起了艾丽丝的手。

06 十字街头

Crossroads

已经十二点又一刻，雪还没有落下来，天空黯蓝色，没有缺口。端成又点上一根烟，咳嗽两声，掏出口袋里的机票看了看。他知道，他这辈子最后一次可能跟白露认识的机会，已经错过了。

端成抽完烟，站起来，往巷子口十字路口的光亮看了看，没有人影，也没有脚步声。端成叹口气，踩灭烟蒂，走出巷子，拦了辆车要往城市中心去。

他离去不久，穿着蓝色大衣的女孩白露从十字路口的另一头慢慢走过来，她今天戴了一顶彩色的毛线帽子，精神很好，还停在弄堂口的路边摊买烧烤吃。

端成的车开出差不多两个街口，烧烤摊的老板正要把烤好了的肉串递给白露，这时候天空忽然裂开，白的雪掠过白露的发际，城市突然飞舞起无数的白色花朵。

车子里的端成瘫倒在车的后坐上，慢慢沉了下去。女孩白露裹了裹大衣，兴奋地自言自语下雪了呢，好多年没有下过雪了，然后往小区的方向走去。

这是二〇〇四年，上海突然开始下雪的一个夜晚，大雪忽然点燃了这个因为寒冷变得低潮的城市。

整整六年，终于，下雪了。

有一个夜晚，端成又沿着轻轨车厢来回走了一遍，最后他终于兴奋地确定他的目标，那女孩子像一只受伤的兔子，把自己靠在车厢门边，眼神有戒备，闪烁不停。

端成往回走，走到车厢的时候发现女孩已经下车。端成无奈地在心里叹息，之后整个晚上，他的脑子里都是另一个女孩子苏戏的脸。

端成开始每日乘轻轨，找那个像兔子一样的女孩，他并没有看清楚她的长相，他只是觉得再见面时，他一定能一眼就认出女孩来。

他找了很长的时间，女孩可能只是偶尔坐一次轻轨，又或者他们之间不停在错过错过又错过。端成在日记里写，在一个一千八百万人口的城市寻找一个只看过一眼的人，这种概率就好像苏戏又回到他身边，但是他不能不相信奇迹。

其间有一次，端成以为真的找到了那个女孩。他跟着女孩子下车，跟着女孩子走了几条街，跟着女孩子走进麦当劳，坐在邻座仔细一看，他跟着的那个女孩像一只吃饱了的仓鼠，慵懒又放肆。端成一个人喝掉三杯美禄，在日记本写上，几乎成功的奇迹不是奇迹，但是奇迹已经不远了。

又过了一段时间，春天过去，初夏盛夏，七月的一个夜晚，端成在轻轨站附近的一间书店看书，看中一本书去柜台付钱，一抬头看见眼前的女孩子，女孩像一只微醉的兔子，伸出毛茸茸的爪子把找的钱递给他。

端成不动声色地跑到书店外面，然后给苏戏打电话，苏戏不接。端成坐在马路边在日记本上写道，奇迹真的出现，那么就要带着不相信奇迹的人来看一看奇迹。

端成开始不停地给苏戏打电话，但是苏戏总是不接，最后苏戏换了一个电话号码。端成只有去找苏戏，苏戏也不理他，最后在苏戏的舞蹈教室，端成看见另一个男人，才终于失魂落魄地离开。

他就是从那个晚上开始跟踪兔子女孩的，他先是不自觉走到那家书店，然后坐在门口等女孩。他本来的想法是能走过去跟女孩说话，等到两个人擦肩而过，端成开不了口，于是他跟女孩上轻轨，想等周围没什么人，再上去说话。

实际上端成不知道自己要说什么，或者为什么要跟这女孩子说话。他在一个十字路口跟丢了女孩之后，才惊觉自己的行为有些怪异了，他决定恢复之前的生活，不再搭乘轻轨。

但是隔天晚上端成鬼使神差地又去等兔子女孩，这次他的理由是说服女孩去见苏戏，到最后他还是没能说出口，又一次跟了女孩大半夜。他就这样连续等，总是跟在后面不敢上前，又总是在那个十字路口悻悻而归，于是日记本里是密密麻麻的问号以及不断延展的某种情绪。

跟了十几天后端成已经改变了最初的想法，他在这个奇怪的行动中找到了别的乐趣。最开始是偷窥，到后来他突发奇想，如果他能偷偷观察这个女孩子，或许能更了解苏戏，于是他开始记录，从某一天开始，他的日记本里开始出现了兔子女孩，她从奇迹变成了另一个女性的参照物。

兔子女孩在书店上班，总是上晚班。她会推荐一些她喜欢的书给顾客，也会给一些没什么钱的中学生很低的折扣，下班之前她会很仔细地检查书架上的书，把它们都按照开张时候的位置摆好，然后跟店主人告别，搭轻轨回家。

轻轨搭乘三个站，出站后沿着有高架桥的马路一直走，然后是次马路，然后到一个十字路口，再进去就是她家所在的小区。女孩子依附轻轨线活动，生活规律枯燥。

也有许多细节叫端成的心变得柔软。女孩子在夜里一个人很慢很慢地走，然后忽然呆在路边望着远处的灯火站住不动，比如女孩突然跑动起来，去追一只小花猫，比如下雨的夜里，女孩子湿淋淋地走在雨中……端成的世界慢慢产生奇怪的变化，他不再去想苏戏，他把眼前的女孩子当成了苏戏，苏戏在走神，苏戏喜欢小猫，苏戏很悲伤地走在雨中，他恍惚，他感动，他突然觉得自己许多年都白活了，他那么爱苏戏，却从没有想过试图去了解她。

端成是这样的男人，出身富贵，在虚伪的交际圈长大，接触的女孩子要么谄媚浮夸，要么拘谨刻板，都不能叫他提起兴趣。

父亲又是出名的风流名仕，端成从小耳濡目染，对于女人，他觉得首先是拥有，其次是驯服，至于了解，是从来都不曾想过的事情。

因为端成的身世再加上一张不难看的脸，一直到遇见苏戏之前，端成对于异性的认识从不曾出现疑问。他虽然是一个内向含蓄的人，但其实十分自信，当然，端成是那种没有理由不自信的人。

然后出现一个苏戏，那大概是两年前，端成在自家的公司做管理。公司拍一个广告，需要一个模特，策划部的人多次挑选都没有结果，端成最后在一堆女孩子中一眼就看中苏戏，苏戏穿一套白色的运动衣，眯着眼睛像一只骄傲的兔子也正在打量他。

苏戏是这样的女孩，从小在流言不断的小城市街口长大，带着许多目的来到这个城市，再百转千回在城市扎下根来，正在谋划如何往更好的生活迈进。

然后她遇见了伍端成，看上去像一只高贵狮子一样的伍端成。她先是引诱他，然后爱上他。端成是一个很特别的男人，他很高贵，并不是那种满身铜臭的富二代，他身边不缺女人，但仍然在追求真爱，他为人内向含蓄，但是一身的盛气凌人却又无法掩盖。

本来苏戏以为凭她的手腕，是完全可以应付伍端成，实际上也的确如此，只是事情到了最后发生微妙的变化，苏戏觉得她又恋爱了，像十几岁时爱上街口的小混混一样的那种爱。她爱上伍端成，然后事情变得麻烦起来，她爱他，她也想知道他爱不爱她，于是她需要被了解，但是伍端成根本不知道怎么样去了解一个女人。

两个人于是开始吵，伍端成不知道问题出在哪，而苏戏为了占据爱情争斗的上风不愿意点破这一切，于是两个人的裂缝越来越大，不得不分手解决。端成一开始苦苦哀求，苏戏端架子，迂回几次骑虎难下，结果真的分手，等到伍端成因为跟踪兔子女孩认识到问题的核心，两人已经没有复合的可能。

故事再回过来，跟踪还在继续。伍端成陷入一场持久的幻觉，他不再去找苏戏也不再想苏戏，他把兔子女孩当成了苏戏，于是这体验变得奇妙起来。这很像一个电影，电影里丈夫有一次外出，见到了工作中的妻子，妻子浑然不觉，丈夫在一旁深受震撼，他觉得这样的妻子是最真实的最自然的，有他从来都不曾发现的美。

端成抱着这样的想法沉迷其中，他甚至觉得，他现在看到的女孩，才应该是苏戏本来的样子。

从夏天到秋天，端成在跟踪中又把苏戏爱了一遍。这一次他觉得，他是真的爱上苏戏了，他开始筹划一场表白，然后完美地恋爱一场。

这个梦是在秋天的一个早晨突然间醒过来的。端成被电话吵醒，是苏戏。苏戏正站在楼下，穿黑色开衫毛衣，头发很柔顺地扎在脑后，她极少有这样淑女的打扮。

然后他们两个人如同热恋一般去逛街、吃饭、看电影，最后去宾馆开房。其间两个人都有些拼命隐藏起来的焦灼，苏戏没有看到伍端成脸上应该绽放的欣喜，而伍端成在想，自己究竟要不要告诉苏戏他每天晚上在跟踪她。

在宾馆的时候，苏戏洗完澡出来，然后湿漉漉地往端成的怀里钻，这时候电视突然整点报时，现在时间北京时间九点整，端成犹如电击一样从床上坐起来，然后扭曲去看苏戏，他的眼神变得非常恐惧。

然后端成突然问了一句叫苏戏觉得恐惧的话，端成问，你是谁？

苏戏一怔，然后马上笑起来，说，端成你别跟我开玩笑了，我是谁？我是苏戏啊！

端成的眼神又变得疑惑，说，苏戏？那么她是谁？

苏戏跟着说了声，她？

端成一下坐在宾馆的地毯上，然后他开始喃喃地说，那么她是谁？

与此同时，兔子女孩已经收工，上了轻轨，她并不知道一直跟着她的那个男人今天没有来。

端成在地上坐了好久，苏戏不知道怎么了坐在床上也不敢动，她认识伍端成几年以来，从来没有见到过他这样失态。

最后端成站起来，也不理会一头雾水的苏戏，一个人走出了宾馆。

那天晚上起苏戏就再也找不到伍端成了，打电话不接，去家里找管家总说不在，公司里说他已经有半年没有来上过班，故事到这里，关于苏戏与伍端成的爱情，苏戏突然失去了全部的上风。

那天晚上伍端成赶到轻轨站的时候轻轨已经停止运营，整个站台突然变得空旷，四处都很黑，端成沿着轻轨高架一直往前走，一直走一直走，走到某个站的时候下意识地拐弯，沿着有高架桥的马路一直走，然后是次马路，然后到一个十字路口，他停下来。

他意识到这是他前几个月，每天晚上必走的路。他在跟踪一个女孩，这个女孩子是谁？她不是苏戏，她是谁？

他在那个十字路口徘徊许久，他知道那个女孩住在前面的小区里，但是不知道是哪一户，他每次到十字路口就没有再跟下去，他就在那里想，想很多很简单但却在他心思纠结的问题，最后他头疼不已，只能折返回家。

答案是在酒醉苏醒之后的日记本上找到的，于是画面重放，回到最开始的那个夜晚，端成在轻轨发现那个像兔子一样的女孩，再就是寻找，再就是跟踪，再就是幻觉，再就是爱上，只是端成不知道，爱上的是哪一个，仍然是过去的苏戏？还是日记里的兔子女孩？又或者是幻觉里的兔子女孩苏戏？

困惑代替了幻觉，端成一直想不清楚，躲着不想见人，后来家人给他找来一位相师，相师告诉他，他之所以痛苦，是因为周边环境与命理冲突，而如果想远离痛苦，就要远离现在的环境。

端成信了大师的话，去了国外，待不了几天却又回来。他每一天都在疯狂想念一个身影，每天夜里他像个游魂一样在异国街道不停地走，在每个十字路口停下来张望。

他回来的当天晚上又去找兔子女孩，女孩还在，一如当初。他在书店偷偷打量她，她是与苏戏完全不同的女孩子，安静柔和，当两人四目触极，她不敢正视，飞快地低下头去，这女孩全身上下没有一点锋芒。

端成又坐在轻轨门口等她下班，他带了一本新的日记本，他记下女孩的样子，今天她穿绿色套头毛衣，窄脚裤，白球鞋，第一次发现，她的左耳有一对耳洞。

等到女孩下班，端成跟着她上轻轨，站在离她不远的地方，看见她对着门的反光拨弄头发。路程中间女孩接了一次电话，她的声音很小很清脆，电话大概讲了两分半钟。

女孩下轻轨，端成跟在后面。女孩依旧走在每天必走的路，一路流连街景，进了一家小小的服饰店，逗留了大概十五分钟。走到次马路的时候，被突然从岔路冲出来的大狗吓得不敢动，僵持了大概五分钟，直到迎面有人走来才敢继续走。

次马路之后的十字路口，女孩停下来在路边摊买烧烤吃，端成站在马路对面的暗处静静看着她，他没有再跟下去，他遵守了自己从一开始就默认的规则。

这样的跟踪更加有趣，端成发现只要细心一点，还可以发现与推断出许多有趣的事情来，比如他从女孩丢弃的一张超市的票根上找到女孩的名字以及她爱吃的零食，比如女孩总在唱的那些歌都是一个歌手的，比如女孩子总是一个人，她看上去很孤独。

端成开始渐渐清楚自己的感情，他是重新爱上了这个叫白露的女孩，这不是幻觉，也不是因为跟踪的各种趣味，端成有许多时候都觉得自己的心已经贴近女孩，感觉到她的柔和和不知为何的担忧。

这时候秋天已经过去，冬天来临，端成决定，在下一个春天来临之前，一定要认识女孩，要每天晚上牵着她的手送她回家。

他于是在等，他整天翻日历，想找一天，他有足够的理由，在十字路口叫住女孩，然后从黑暗里走出去，走到路灯下望着她微笑。

天越来越冷，端成还是一再地退缩与犹豫。全市温度进入零下的那个夜晚，端成照例躲在身后看女孩白露走进小区，他再转身时，却看见穿着单薄的苏戏正望着他。

像初次见面那样，苏戏穿一身白色的运动衣，眯起眼睛像一只骄傲的兔子看着他。

端成说你怎么在这？

苏戏说你在干什么，我就在干什么。

端成说，多久了？

苏戏说从你从国外回来那天，没数过有多少天。苏戏说到这里，突然哭了。

端成走近她又站远，苏戏突然上去抱住他，哭着说，我们回家吧，你不要爱上别人，我们回家吧。

端成慢慢地挣脱她，然后拦了辆车把苏戏放在后座，自己坐在副驾驶，说，我送你回家。

苏戏不说话，车子开出一段之后苏戏突然打开车门，然后跳了下去。

苏戏住院了，她要端成每天每时每刻都陪伴着，但是端成不行，端成没有停止他的跟踪，于是苏戏就在医院闹，一向强势的苏戏突然变成一个感情世界里的弱者，对待伍端成，她只能以死相搏。

端成觉得苏戏也不过是做戏，时间久了也会罢了，于是他丝毫不理苏戏的坚决，并且警告苏戏，不许去找白露的麻烦。

他其实还是不了解女人。

这样终于迎来那么一天，苏戏重蹈了她跳车的那一幕，这一次她没能躲开后面飞驰过来的车，在一片血泊中，她觉得冬天好冷，她的呼吸越来越微弱。

她对端成说，端成，要是我死了，你也不可以跟那个女孩子在一起，你出国吧，你不要再回到这个让我得到了幸福却又失去的城市。

她死的最后一刻，脑海里浮现出她与端成正式分手的那天，她对端成说，要是你有天能找到一个比我还要像兔子的女孩，我就跟你和好。

她初来上海的时候，第一次去淮海路，在太平洋见过这样一个女孩子，在一千八百万人口的城市，要想找这么一个人，概率几乎是零。

苏戏是不相信奇迹的人，从周云声开始，到伍端成结束，她不相信他们都是那么真心地爱她，所以她注定是个悲剧角色。

苏戏死了，活着的两个人，一个饱受愧疚与思念的折磨，生不如死；另一个依然浑然不觉，平淡生活，上海变得越来越冷，就等着一场雪来完整这个冬天。

在苏戏死之前，端成已经想好了他要认识白露的情境，要下一场雪，白雪茫茫，端成从十字路口走到白露面前，头发眉毛已经染白，他要很潇洒地说："我已经认识你一百四十五天了，可今天晚上你才开始认识我，我要为我的懦弱跟你道歉。"

然后白露会笑，雪越下越大，两个人在雪地留下两排脚印，端成跟着女孩子走进小区，在楼道里亲吻女孩子兔子一样红的脸。

但是这样的情境永不会出现了，上海整整六年没下过雪，端成已经遵守苏戏的遗愿，在十二月的某一天，买好了去地球另一端的机票。

再回到故事开头的那一晚，端成在告别酒会上又遇见那个大师，大师说你又回来了，所以发生了不好的事情。端成点头，说，但是现在我还是要离开。大师微笑说，你是相信奇迹的人，我告诉你，今天晚上十二点，上海会下一场雪，你还有一次推倒重来的机会。

端成于是冲出酒会，冲出会馆，冲到人际寥寥的街头，他拦了一辆车，车子快点，再快点，到十字路口，到那个女孩的身边。

他蹲在马路对面的黑暗里，十点，十一点，十二点，女孩一直没有出现，雪也一直没有下。

他又想到苏戏，想到苏戏也喜欢雪，苏戏对他说，在她的故乡，每年冬天都会下鹅毛大雪，会掩盖整个城市，她每个冬天都会梦见那白茫茫的过去。

回忆越拉越长，他想他还是不了解苏戏，不了解她为何而来，又为何而去，不了解她的计算与单纯，也不了解她其实爱着他的心。

已经过了十二点又一刻，雪还没有落下来，天空黯蓝色，没有缺口。

端成不打算再等，站起身来，拦车离去。

车子开了一会就突然开始下雪，车子上电台的DJ在用夸张的语调谈论这场雪。

端成的世界一片黑暗，逐渐被这白雪覆盖。

女孩白露迎着风雪穿过十字路口，进小区门的时候，回过头向路口张望，她的表情有些惆怅，路口一个人都没有，到处都在下雪。

白露蹬蹬上楼，那一刻，她是不是在想：那个像害羞狮子一样的男孩，怎么许多天都没有出现过了呢？

六年了，终于下雪了。

07 致艾丽丝

To Alice

2000.8.8 阴

我的天使，我要如何才能离开你，又如何与你重逢呢？

2001.03.12 多云转阴

你犹豫了半天，终于还是买了那双深蓝色的匡威球鞋，你有些迷糊，老板少找了你五块钱也不知道。你把找回的钱一把塞到你的金色小提包里，呆了几秒钟，又继续你漫无目的的闲逛，你那么爱闲逛，就像一只小鹿，而现在迷失在这城市里。

你坐在麦当劳里，点了五个汉堡，四杯可乐，还有一杯你从来也不喝的牛奶，你的身后有一对小小的情侣，在互相喂薯条吃。他们真年轻啊，头发像我一样的黑，眼睛像你一样的透明。你没有回头看他们，你一直在那里，望着窗外，过去两个女人，过去一辆自行车，过去几趟公车，还过去了一只独角兽，你又看见了它，这一次它终于也被我看见。

你吃不完那些东西，你微笑着对服务生说，帮我打包，我带回去给我男朋友吃，你的脸那么幸福，眼睛弯成两道彩虹，服务员走到后面偷偷跟同伴指着你的眼睛说，你看，彩虹！

然后你拎着食物继续在街上走，一直往前走，第四个路口小拐弯，再往前走，第三个路口大拐弯，你遇见一个乞丐，把所有的食物都给了他，看着他吃完才离开。你继续你的闲逛，你往前走，你左拐弯，阳光渐渐黯淡下去，你的背影越来越模糊，影子却越来越长。

路越走越长，你没有目的地，你饿了就停下来在路边随便进一家店胡乱吃点东西，你累了有时候还坐在马路边别人家的台阶上，那些人走来走去，那些车南来北往，你一动不动，突然安静下来，你的侧脸埋在你的长头发里，总是叫人看不到表情。

今天你终于累了，你从一条小路上名叫“火车头”的书店出来，拦了一辆车，回到你每天都要回家的出发点——长风公园，下车后你拿出你在书店买的那本灰色封皮的书，边走边翻看，夜很黑，有时候你站在路灯下看完两页，才又继续走。

快到家的时候，你的习惯是总要在门口的杂货铺买点什么，你在消磨时间，其实你不想回家，家有时候就像监狱。回到家就要面对空空的墙壁，回到家就要面对每个台都不好看的电视，回到家就得听淋浴时水哗哗地流到地上，回到家，回到囚笼里，那些寂寞是我们的无期徒刑。

我看见你买完东西，我看见你进到楼道里，消失在黑暗里。我想象着你慢慢地上楼，一步一个台阶，我想象着你掏出钥匙，开门进去，熟练地拧开灯，我看见你窗户的灯亮了，你瘫倒在沙发上，我站在楼下，我又开始抽烟了，我抽一根，再抽一根，终于看到你的灯灭了下去，我的烟头于是跟着也灭下去。晚安，艾丽丝。

2000.10.03 多云

我翻来覆去，我覆去翻来，天花板好像画着你的样子，电视里每个频道都是你的脸，星星好像是你的眼睛，鼠标好像是你的手，你在我的梦里出现，又突然离去，梦醒了。

2001.03.13 阴

今天是你去学校交作业的日子，你穿着黑色薄毛衣暗绿色萝卜裤从楼道里走出来，夹着一个绿色的文件夹，往你家附近的公交总站去。我跑得很快，才远远甩开你，避开跟你同一班次的公车，提前来到你学校附近，远远站在宽阔的马路对面，期待着你的身影出现。

今天天气不好，阴天，我蹲在马路旁，百无聊赖，于是总是想起从前在这附近，附近的我和你，阳光明媚的午饭时间，我们混杂在中学生中间，冒充早恋的情侣，在脏兮兮的安徽饭馆吃饭。

我把那条路又走了一遍，街边有人吵吵嚷嚷，在量房子要拆迁。当你有天想起的时候，这里已经成为了废墟，或者是另一个地方，你会不会跟人提起，这里曾丢失的关于我们的记忆呢？

是的，我想也应该这样，我们会慢慢丢失那些记忆，你的关于我的，我的关于你的，关于我们的，它们应该像病毒一样需要被清理，但我却像吸毒一样深深依赖着它，某一刻，我求生不能，求死不得，与你有关的回忆才能让我暂时忘却一切。

你看我又在胡思乱想，胡言乱语，你跟着一大群同学出来了，在学校门口跟他们说两句，他们一帮人挤在一起热烈地讨论下午的娱乐，你温柔地跟他们道再会，一个人孤单地走到前面的公车站牌去。

在开往你家的双层公车上，你在上层我在下层，我看着你上去然后只能想象着你，其实我们的关系，就如这公车的乘客，彼此靠很近，却无法真的接近。

其实只要这公车一直开下去，不要停，我也就很开心了。

2000.10.04 多云转小雨

九一一：你好啊，可以聊聊么？

小迷影：我不爱说话的。

九一一：你心情不好吗？

小迷影：嗯？

九一一：哦，没什么，下雨总是让人情绪不好。

小迷影：或许吧，人们总是在找借口？

九一一：你是说，人们总是把悲伤的理由归咎于天气？

小迷影：悲伤有的时候可能并不需要理由的。

九一一：你是个很有意思的女孩，我猜想你是一个短头发，大眼睛，精明干练的年轻白领。

小迷影：呵呵，你完全猜错了。

2001.03.14 雨

今天下了好大的雨，我又把悲伤的原因归咎于天气。你的窗帘始终闭着，你错过了楼下在雨中散步的独角兽，我的MP3进水了，让我听错了歌词。

嘿，我真的好想你，想到窗外面又开始下着雨。

2001.03.15 阵雨

星期四，雨还没停，湿湿嗒嗒，一会下一阵，一会又下一阵。我想起我要离开上海的那天，你就像这伤心的阵雨，坐在沙发上，哭一会又哭一会，眼睛肿得像金鱼。

我有些感冒了，站在屋檐下抬头望你的窗的时候会止不住打喷嚏，凌晨五点，突然有些寂寞，我点上一根烟，一抬眼在对面的栅栏后面发现一只小猫。白的上面有黑色的灰色的圆点，它躲在墙壁外面的空调下面，浑身已经湿透，正在亮着绿眼睛看我。看到我也在看着它，它用几乎微弱到听不到的声音叫了两声，它也好像曾经的你，眼睛里都是纯净的颜色，叫人不敢直视。

天已经陆续亮了起来，因为下雨，没有人起来早锻炼，我把猫咪抱起来，像抱着你在我的胸膛，我抱着它在雨中奔跑，冲进你住的那幢楼，一楼二楼三楼四楼，你会不会也恰好出门遇见我？遇见你我该说些什么？你又会说些什么？

五楼。你没出现。我敲你的门，一声，两声，三声，然后转身飞奔离去。

你会给这只猫起什么名字呢？没过一会，我看到你在便利店转来转去，最后拎着一袋猫粮走了出来。

2000.11.11 晴

九一一：今天你没有再难过吧？

小迷影：你怎么知道？

九一一：今天天气很好嘛，我都看见星星了。

小迷影：我们这里的天空很少能看见星星的。

九一一：星星可好看了，真的，可好看了，会让人着迷的。

小迷影：哦，什么样的？你给描述一下？

九一一：就像是眼睛一样，黑色幕布上那种纯净的颜色。

小迷影：是的，还会一眨一眨的。

九一一：你赶紧拿一面镜子来照一下。

小迷影：啊？

九一一：这样你就看见星星了。

小迷影：嘻嘻，好的。

九一一：谢谢你。

小迷影：？

九一一：今天是十一月十一，是光棍节，谢谢你陪我聊天。

小迷影：我也要谢谢你。

九一一：哪里，能陪着姑娘你那是我的荣幸。

小迷影：不是……

九一一：啊？不是谢谢我？

小迷影：今天其实本来我是很不开心的。

九一一：哦？为什么？

小迷影：因为，今天，我跟他分手整整三个月了。

2001.03.19 晴

你给那只猫最后取的名字叫苏戏，你一直觉得她是很可怜的女孩，我又想起她，想起她像一只骄傲的兔子。

这几天你跟苏戏渐渐熟悉，你一直想养一只猫，心愿也总算得已实现。开头几天你窝在家中，难见你露面，我在你家楼下不知道抽了多少烟，我的中指和食指间的烟茧不知道什么时候又长了出来，昨天晚上我用刀子去割，割得血肉模糊，我突然想到，不知道你那本书看完了没有。

你带着苏戏去了不少地方，几乎绕这个巨大的城市一周，我经常跟你搭乘一辆公车但是你浑然不觉，我跟去同样的地方，吃同样的面，唱同样的歌，我是你的影子，是你寂寞的尾音。

我是你寂寞的爱人，可是你要何时才能发现我呢？

2000.10.12 晴

走路的时候会神经质地突然转过头来，看自己的影子，看你在不在。我常常有这样的幻觉，你没有远离，你在我不远处呼吸，但我又清楚地知道，这是隔了你一千七百公里的地方，你现在也许已经睡了，世界上也许只有我一个人在慌张地想你，也许我离开你是错得离谱的决定，也许也许也许也许，我现在只剩下了也许，也许你现在也在想着我。

戒烟五年，我又开始抽烟。

2001.04.21 多云转小雨

你有些激动，每次你看到邮筒里塞了类似信件的东西都会手忙脚乱，打开后，广告、电话账单、水费单……没有一封信，现在还有谁会写信呢，短信都不想发了，与人交往成为生存的一个巨大负担，那还不如变成一只鸟或者一条鱼，一生只是一次从北到南的旅行，或者一辈子只在鱼缸里游来游去。

但是要小心苏戏。它已经茁壮成长，变成一个坏小子，不但在家里搞破坏，昨天带它去海洋馆，它几乎没跳进鱼缸里。自从有了它，你开朗不少，减少了很多闲逛的时间，都在小区附近转转。你终于看完了那本灰色封皮的书，现在拿在手里的是厚厚的一本英文版的《飘》，看起来你不着急读完它，因为你没有带着词典。

你的生活有了质的改变，是因为你可能又恋爱了，我是说可能，我只是说可能。因为苏戏，你开始出入宠物店，然后你认识了一个男人，二十八岁，本地人，我查过了，出身良好，底子干净，是公认的好男人，有许多女孩子是为了他，才养起了小猫小狗小乌龟。

最开始的时候我真的没有想到，我常常觉得，你并没有忘记我，你还在，在我的身边，在过去未来现在，忽远忽近地在我的身体里。

但这是我常常觉得而已，今天晚上，我看见你的身边多了一个人，他像一团火燃烧在你周围，把夜照亮，我吓得躲得远远的，不敢接近。

今天MP3里万芳在唱，夜照亮了夜，痛战胜了痛，然而春去春回……然而春去秋回。

2000.12.25 小雪

小迷影：你在吗？

九一一：啊，出去吃饭刚回来。

小迷影：真幸福，外面下雪了吧？

九一一：是啊，大雪，外面好多人啊，我打车等了半个小时才打到。

小迷影：哦。我这里是小雪吧。

九一一：怎么了？今天你又一个人？

小迷影：刚刚跟家里打过电话，我没事的，都习惯了。

九一一：唉，要是我们在一个地方就好了，我可以去找你玩。

小迷影：我好长时间没有出去过了，都不知道外面什么样子了。

九一一：你别这样，对了，我送你新年礼物吧，你想要什么？

小迷影：这……我想要一本书，灰色封皮的……我也回送你一件礼物。

九一一：哦，是什么呢？

小迷影：保密，嘻嘻。

九一一：切！不管是什么，我一定会喜欢的。

小迷影：为什么啊？这么肯定。

九一一：当然，这也是秘密，我的秘密。

小迷影：……

九一一：？

小迷影：一一。

九一一：嗯？怎么了？

小迷影：外面一定很热闹吧？一定有很多情侣在小雪中漫步吧？

2000.12.25 大雪

这突然的烟花很没意思，这拥挤的人行道很没意思，这路灯没意思，面馆没意思，圣诞树没意思，大苹果没意思，身边的情侣没意思，走过去的美女没意思，单身的孤单男人没意思，乞丐没意思，白雪没意思，宝马七四五没意思，戴帽子的外国小孩没意思，三羊百货没意思，LOMO没意思，老女人没意思小姑娘没意思，我也很没意思。

平安夜，谁叫我吃火锅的时候又想到你的样子。

2001.05.10 晴天

我有些累了，当你过回旋天桥的时候，路有点滑，我看见他试图来牵你的手，你没有拒绝。

我跟着走上去，那天桥像个漩涡，我的耳朵突然什么都听不见了，时间突然变快又停止，我的前面后面左边右边突然出现了深渊。

我停下来，镇定心神，我把自己当成饭后出来闲逛无所事事的年轻人，对着过天桥的女孩吹口哨。

可是天知道口哨是怎么吹的，我把手放到嘴唇边，只是为了捏住它，不让我的牙齿咬到我的舌头，不让我的牙关颤抖，在大马路上出丑。

你走吧。如果你不记得这回旋天桥上有人为你唱过歌，如果你不记得双层巴士上层我们从城市的一边到另一边，如果你不记得你爱过我你的梦也是我，如果你不记得你日日夜夜的寂寞。

如果你不记得爱，也不记得恨。

2001.02.04 大雨

小迷影：一一，你哪去了啊？最近怎么不见你？

2001.02.23 晴

小迷影：你出现啊，我好寂寞，你陪我说说话吧。

2001.02.27 晴

我又重回这城市，2月27日，我再次遇见你，这一次，我要当你的影子，因为我以为你的心里有一个影子。

2001.03.02 阴天

小迷影：你还会出现吗？你还会出现吗？你还会出现吗？你还会出现吗？你还会出现吗？你还会出现吗？你还会出现吗？你还会出现吗？你还会出现吗？你还会出现吗？你还会出现吗？你还会出现吗？你还会出现吗？你还会出现吗？你还会出现吗？

2001.05.11 晴天

你终于收到了我的信，你也终于失去了我。

亲爱的艾丽丝：

我无法再看到你等待一封信的模样，我甚至也不知道你等待的到底是不是我的信，我们分手之后，我一直想念你。分手第一个月我过得浑浑噩噩，分手第二月我四处全是你的样子，然后我冒充陌生人跟你聊天，我是九一一，我是聆听你的寂寞，悲伤你的悲伤，笨手笨脚无法给你安慰的一个网友。我送给你你想读的那本书，那是我们分手的那天，在书店挑了又挑结果没买的，你送给我的圣诞礼物，黑色的NANO，是原本要送我的生日礼物，我在里面装了很多歌，我听每一首都听错歌词，我根本听不完一首歌，那些音符像刀子，一刀一刀割着我。

分手五个月，我不得不重回当年的城市，我不得不像个游魂一样在城市里游荡，后来我又重新遇见你，这城市里我们熟悉的那些地方，我跟着你，像昨天今天同时在上映，我是悲伤的演员，我是绝望的观众，我不知道什么时候才能停下来。

我终于能体会一些我原本不能了解的事，跟着你，好像就是你，是一个影子，只能远远看着，却不敢靠近，我看到从不曾见过的你，了解的你，以及爱过的你，我重新爱上你，内心压抑着颤抖的渴望与丰盈的激情，我终于明白，你为什么能看见独角兽，你为什么一直哭一直哭，你为什么不肯回家，你为什么孤零零反复走我们曾经走过的路。

那些事情我都还记得，我们坐在公车上八块钱环游世界，在回旋天桥上你软磨硬缠要我唱一首给你听，你想养一只猫，但是我一直不肯，现在苏戏不但天天陪着你，还让你从此有了新生活。

艾丽丝，我是九一一，我是小双，我是一个你从来没有回头看的影子，我跟在你的身后抽烟，叹气，突然呆住，我站在你的楼下被雨淋得像一摊泥，我注定要有一天像九一一一样突然消失，不会再出现，当光出现，照得影子无处可逃，瞬间消失无踪迹。

艾丽丝，我曾经的温柔的爱人，我那忧郁孤独的网友，我跟踪的寂寞敏感的暗恋对象，当你张开翅膀越飞越远，影子也越来越淡，到最后它从来没有存在过，你的身后只是巨大的一片又一片空白。

艾丽丝，我是那么的爱你，可是我终于还是没能和你再重逢。

再见了，我的天使。

我看见你蹲在地上哭了起来，苏戏在一旁不知道怎么回事，它坐在那看着你，眼睛很无瑕，又忧伤。

我戴起MP3，转身，它随机播放这样一首歌：

离开我的城市/离开我的世界
离开我的面具/离开我的懦弱
离开我的自己/离开我的害怕
离开留下的眼泪/我也不在意

我听清楚了歌词，这次。

0∞ 莫呼洛迦

Mahiraga

1. 伍端成，上海伍氏集团继承人，二十八岁，目前单身。最近经常出入的地方是吉祥饭店以及细马健身中心，两个地方的台号都是45号。

2. 许小影，北京文艺女兵，父母经营吊车生意，家境殷实，将于今年十二月退伍，退伍后第一件事情是打算去日本旅行。

3. 齐洲，前南方眠城便衣警察，三年前执行任务伤了右腿，现在独身住在上海路87号，经营一家名叫“南风”的小面馆。

4. 艾丽丝，上海女白领，在一间小的广告公司上班，独住在南浦大桥附近，周末的时候男朋友会来过夜。

5. 段况白，烟城人，失踪中。

段况白，烟城人，失踪中。我禁不住把这九个字轻轻念出口，有些出神，或者是失态，又或者这才是我的常态。

“我的委托费可不便宜。”我对面那个看上去非常老实的中年人不老实地冲我笑一笑。

我不看他，根本不在意他的存在。

又出神了一刻，我才从包里掏出一个装得鼓鼓囊囊的纸包，扔到他的桌子上。

“这是订金。”

老实人的眼睛又突然变得不老实，十几秒后，他眼睛里又出现了愤怒和恐惧。

他拿着纸包里照片的手微微颤抖，问我：“你想干什么？”

这时候我已经转身要走，我回过头告诉他，记住我的委托，两周后我来付尾数。

他没有说话，我没有回头也知道他的表情会非常难看。

我又独自走回回上海的街头，等一个红灯过去，元神出窍一般像个消防栓，原地不动。

你的时间不多了。

我又听见这个声音，它开始在我脑中不断迂回。我于是去想我的时间：从我上次北京一夜夜会塞宁，已经过去了二个月，这二个月除了回一次烟城，我都在跟踪刚才那名外号叫“老实人”的私家侦探，他是个十足的垃圾（从我偷拍的那些不堪入目的照片来看，死一百次是足够了），我非常厌恶他，但又需要他的帮助——我要处理的事情太多，千头万绪，枝节丛生，它跟这个巨大的没有止境的世界有关。

与世界这个无穷大的词汇相对的，我只有可怜的十个月的时间来完成这一切，哦不对，现在只剩下了八个月。

两个月前的某一天或者是它之前很长的一段时间里，我都以为我快死了，我就要死了，我离死亡也就是突然间勇敢一些，冲到马路中间或者爬上稍微高一点的地方跳下来，就差了这么一个心血来潮的距离。

我一直没有死，这多半跟我现在所做的事有关，我现在在写小说，编故事，敬畏命运如同信仰：每天都有成千上万的人在绞尽脑汁想新奇故事，可是通常都敌不过报纸的花边一角，最浪漫的事、最离奇的事、最残忍的事、最可笑的事都在真实地发生着，你的想象力也没法触到它的边际（想象力来自经验的认知，可经验的认知也是命运给的）。命运，它其实跟世界是划等号的词，它们都是永恒。

我想到这些，有一天突然就对自己厌倦了，也对自己正在写的小说厌倦。这算什么？我被命运操纵着去写被我操纵着的那些人的命运？我是一台奔腾电脑，还是提线木偶？还是一个完全不知情活在戏里的真人SHOW？

我停止了写作，又发现自己在对一个无聊的辩论较真。之后的一段时间我不生产，也不享受，甚至停止思考。我麻木而有动机地活着，等待命运再次光临。

我越来越痛苦，一开始我还安慰自己，不为生活的种种带来的联想烦恼：比如丢了钱包我告诉自己命运安排你丢了钱包，恐怕也会安排你中一次彩票，比如一个人在家里吃泡面的时候就想着肯定过几天有人要请我吃大餐，比如失恋了之后去想下一个女朋友肯定更漂亮，更漂亮……但再多想一层，那么中了彩票也有可能预示着你将要短命，有人请你吃大餐但是他开口找你借一大笔钱，之后那人消失不见。下一个女朋友也许很漂亮，但你的爱是绝对不会回来了……那一个夜晚我躺在床上看时装杂志，突然停止了我无聊的哲学辩论，因为我想到了我的爱，我的爱人，她回不来了，我了解我自己，即使命运安排给我再美妙的爱情，我也不想要，我也不会要，当我想到她的脸，就伸手解不开别的女人的衣服，我知道，一定如此。

接下来的整夜，怨恨与想念一同存在，我怨恨命运，它为什么要安排我的爱人又同时是我的过客，我那么想念她，可是她现在又在哪。

由此我想我的前半生是充满了遗憾的，各种各样的，弥补不能的遗憾，这一切都是拜命运所赐，它给我编写了一套人生，我得按照程序活着，并且继续活下去直到“ENDING”。

一想到这些，我无法入睡，苦苦思索解脱的方法。

凌晨四点的夜，安静到可以听见自己的心跳声。

有只猫尖叫着从屋顶上掠过去，跟着我第一次听见那个声音。清亮的、温柔的、像双手抚摸我的灵魂一样的声音。

声音慢慢响起在我周围，不断重复。

快跑，快跑。

我确定这是只有我才能听到的声音。

它说，快跑，快跑，快跑，快跑。

快跑开你的命运。

我一下在梦中醒过来，睡了二十二年，我想我是真的醒过来了。

翻身下床，在刷牙刷到第五十一下的时候决定了我要做的事情，一个疯狂的念头在我心里飞快地产生，飞快地形成计划，飞快地实施起来。

真是个疯狂的计划。

我打开电脑，同时拿起从我搬进这间屋子就没拿过的电话，之后在家里翻箱倒柜寻找一切被我记录着别人电话号码的东西，顺便也清点一下我的全部家当。

最终我找到一个通讯簿，十七张纸头，一打名片，还有电脑里一个名为“电话”的txt文件，我大概算过，总共三百多人，这也差不多是我活这么久有过联系的全部人类，现在我必须要联系的，不超过十个人。

我第一个电话打给房东，告诉他我将不再续租，我要回老家结婚了。当然，后半句是骗他的。

第二个电话打给我的母亲，我告诉她我有机会去国外深造，一去两年，当然，这是完全骗她的。

第三个电话打给一个一直在等我新书的出版社编辑，我告诉她我不写了，改行做服装生意，这后半句也是骗她的。

第四个电话，打给塞宁，告诉她我打算去看她一次，有许多话想对她说，这是真话。

第五个电话我本来想打给段况白，但是他的手机打不通，打去家里接电话的小姐说不知道去哪了，谁也找不到。于是我只能打给段小弗，我告诉她我想把我所有的东西打包寄给她，而且跟她告别，我们可能大概再也不能相见。我让她把同样的话转达给段况白。这句话半假半真。

第六个电话我犹豫了很久，最后还是没有打。

挂了电话，我突然想起我还有个手机已经弃用许久，在床头柜翻到，没电早已经有一年多，我插上电，开机，684条短信，看也不看，全部删除。

手机屏幕显示已删除123条，已删除258条，已删除333条……

错过的讯息，得不到回应的寂寞，苦寻不到的联络，被忽略的感情……

瞬间消失不见。

之后我花了一整天的时间收拾东西，我买了那么多的衣服，还有在床底排了几排的白色球鞋，我买的杂志，小礼物，收到的信和未寄出的信，我画的画，我的画具箱，我的被子我的枕头……这五年独居我身边的每一件东西，我仔细整理、打包、交付快递。到了晚上，我一个人坐在空荡荡的房子里，没有开灯，我闭着眼睛，要平复白天翻查旧物引起的翻腾追忆。

我面前的茶几上摆着我目前还需要的东西：钱包（里面有身份证、一张银行卡）、手机（方便我最后需要的联系）、21mm*14mm的涂鸦本（我必须靠画画来打发等待的无聊时光）、艾丽丝送的IPOD（有时候能让你与这个世界隔离起来），还有一台名叫“小暖”的笔记本电脑。

它叫小暖，其实这许多年以来，它才是我最好的朋友。

我把它擦拭干净，对它说话。

喂，我们认识很久了，从没跟你说过话。

你许多年以来，你快乐吗？

你是不是从一开始就不喜欢我呢？

你喜欢我给你设置的一切吗？

你是如何看待我这个人的呢？

喂，你说话啊，现在不说，以后恐怕就没机会了。

你……知道吗？我要离开你了……

……

小暖始终沉默不语，呈关机状态，没有了电，它就没有了生命，没有了网络，它就变成了自闭儿。

昨天我还相信现在的人类没有了电脑恐怕就会活不下去，今天我知道我迟早是要离开它的，迟早的，这在我的计划之内。

黑暗中我打开灯，把小暖放进我的背包里，在计划开展之前，我要去北京一次，见塞宁。

如我所料，塞宁不在家。我窝在她家门口的便利店喝咖啡，喝到第三杯的时候远远看到她从小区门口挪过来，是挪过来，她提着大包小包十几包，像一只妖艳却吃太饱的鹤，只适合观赏，不适合走动。

我走出去帮她提东西，她嗯啊两句把大部分交付我手上，轻快地提着她的红色手提包在前面走，走出五十米她突然尖叫一声："小艾！（当然，烟城以外的人都叫我小艾）"

名牌手提包掉在地上，她转身向我跑过来。

我没好气地一笑，把大包小包举起来摆了一个不然怎样的姿势。

塞宁冲我难得妩媚一笑，我有些惊奇，说，赶紧把东西放回家去，我是来特意找你聊聊的。

到她家门口，她招呼我进去坐一会，我说不了，回头再说。

塞宁一想，算了，家里也挺乱的，把东西放下，我这就出来。

我于是就站在她家门口四处张望，远处有个女的倒车，一下撞到了前面的奥迪A6，车内的西装男人与她争吵起来。

我一直看不清那女人开的红色小跑是哪个牌子，正猜着呢，塞宁穿一件Gucci红裙又晃了一下我的眼睛。

我看表，说，去吃午饭，你推荐吧，你地头。

塞宁想了一会决定带我去吃火锅，我们打了一辆车，开了一会停在一幢楼前。

挑个安静的角落，落座，塞宁打量着我，说，你生活又出现什么问题啦？

我没料到她第一句话说的就是这个，正喝茶差点呛着，我放下茶杯，看着她通透的眼睛，说，谁说我生活出问题了？我不过就是来看看你。

塞宁说，看看我啊，好啊，一会吃完了饭，你就回上海吧。

这次真的呛到，我问她，为什么？

塞宁说，你不过就是来看看我的吗，现在看过了啊。

我哦了一声，笑了笑，说，你对我有什么不满啊？说话这么冲，咱都多久没见面了？

塞宁说，你说，你消失多久了都？她这么一说，我忽然明白过来，之前我一段时间一直没上过网，对于塞宁还有网络上的那些人来说，不上网等同于消失。

算起来，从某一个夜晚开始，我大概有两个月没上网了。我对塞宁说，我是厌倦网络了，又在闭关写东西。

塞宁说，切切切切，我看你是泡妞呢了吧？哦，对了，你跟那个上海小姑娘怎么样了？就是那个眼睛细细的。

她说得我心里一紧，我努力镇定住自己，反问她，你的感情生活又怎么样了呢？

我已经结婚了啊，她轻描淡写地说了一句这么惊心动魄的话。

我突然间不知道怎么接话，有些晕，以为我又睡着了，又在做梦。

塞宁又说，你不祝福我啊。

我这才反应过来，说，对对，祝福你。那喝点酒庆祝一下吧，我有些手足无措。

叫来一打啤酒，两杯下肚，气氛变得好起来，一扫初见面的羞涩以及刚才惊愕的尴尬，两个人恢复了正常的战友状态。

说了一大堆，各种事件、人物以及话题，我多半在听，两个月不上网就像刚从桃花源出来，信息让时间变快，外面的世界早已天翻地覆。

喝到第六瓶的时候，塞宁突然停住她关于某男写手跟他炫耀他在电视台“高薪”的事，瞪着我，说，你隐瞒了什么吧？你到底隐瞒了什么呢？

我一看时机到了，一口喝干杯中的酒，说，我告诉你，你可别告诉别人。

塞宁说，行，你说。

我说，我要了结我的前半生。

塞宁说，什么？

我站起来，凑到她的耳边，一字一句地对她说，我要了结我的前半生。

塞宁一下子缩回到座位上，避开我的脸。

我也坐下，我看着她，她看着我。

良久，她开口说话，照我的理解，你是要自杀？

我说，不是。

塞宁说那你的意思是？

我说，我也没有想清楚，我只是有这么个念头。

塞宁说，这念头真疯狂。

我说，你也替我想想，怎么样才算了结自己的前半生？如何了结？

塞宁说，你的动机呢？动机是什么？

我听见一个声音，有一天，它告诉我一切。我直截了当告诉塞宁，试探她的反应。

果然，塞宁说，我知道的，那种声音，内心的呼喊。我知道的，她其实根本不相信。

我又说，你猜它跟我说了什么？

塞宁说，它让你反抗，还是逃离？

我说，它只是告诉了我一个可能，关于人生的可能。

塞宁说，它不告诉你，人生也照样充满了无数的可能。

我说，这个可能有点不一样。

塞宁说，你的意思是？

我说，这是我创造的可能。

塞宁说，你的逻辑错乱了，你明白吗，关于你的人生，所有的可能都是你创造的。

不！塞宁，所有的可能都是别人创造的！其实都不属于我，你知道吗？我这个人也不过是那个可能的一部分。我激动起来，提高了嗓音。

塞宁沉默下去，没有继续接我的话，她想必在想我说的话，以及我究竟是怎么了。过了很久，锅都快烧干了，服务员来加好汤，塞宁说，小艾，你说的那是命运。

我点点头，不再看她的眼睛。我说，小时候，有个算命先生给我算命，说我将来要靠写字谋生，二十岁之前我一直以为自己会当职业流氓，后来呢？死亡出现了，死亡让人恐惧，死亡撼动人生的方向，死亡是命运最惯用让你屈服的伎俩，我被打败了，逃出了烟城，出来之后我又怕被饿死，然后开始写东西，一直到现在，虽然到后来已经不是为了生存写，但你知道，这不是我的初衷。这都是可怕的东西在操纵着我。

而更可怕的是，早在二十年前它就想好了，并且已经通知了你，是吗？塞宁说。

我点点头，摆了一个提线木偶一般的死样子。

塞宁说，你别这样，挺吓人的。她顿一顿，又说，我们的人生是早就安排好的，这不是你《四城》里第一句吗？

我哈哈大笑，说，我其实就是发发牢骚，你看就像你，你也想不到你这个时间就会结婚，这也不是你预想的人生。二十岁之前我们很少去想人生，等到去想的时候发现自己已经在别人安排的轨道里走了二十年了，如果强行改变的话……

会怎么样？

星星改变轨道会怎么样？变成流星群，在宇宙里四处破坏，最后撞到另一个星球。“砰”的一声，天崩地裂，一切都烧成灰烬，变成宇宙间的尘埃。

塞宁听我说完，撇撇嘴，说你这个极端的宿命论者，吃好了我们就走吧，去唱歌。

我吃完碗中最后一片牛肉，把一手心的汗都擦在了牛仔裤上。

下午唱歌，陆陆续续人都来了，气氛热烈又杂乱起来，我唱了两首歌，就躲一旁静静听，跟塞宁一起唱歌的好处是，当你不想唱也可以听，这是种享受，看她幼稚低音唱正常的歌，奇怪的歌，没听过的歌，也算是一场艳遇。

中途我起身去洗手间，出来的时候没有回包厢，直接乘电梯到门口，我想既然我与塞宁是传奇般地认识，那么告别的时候，一定也不要落入俗套。

我在门口买了一个新的手机号码，把旧号码扔进了垃圾桶。

热闹的包厢里，唱歌的人们唱着唱着，发现小艾人不见了，打电话给他，电话处于无法收信状态，从那天开始，艾小歌再次遇见外星人，消失在这地球之上。

这，就是他的命运。

我在出租车里这么想到，摸出去烟城的火车票仔细看了看，确认一下时间。这一段一千三百公里的，是用来给我梳理过去的记忆的。

在火车上把自己的二十二年想一遍，确信没有疏漏，却有许多疑问，我想这次我也必须寻找到疑问的正确答案，回忆如果不是完整无缺的，那么清理起来，一定又留下许多支离破碎的枝节，这每一个枝节都有可能给我的计划造成毁灭性的打击，而我只有一次机会。

我早已习惯了乘火车回烟城，穿过熟悉的农作物和土地，停在新建好的站台上，火车长鸣，旅途结束。大部分的时候，我更像一个异乡的旅客，而不像归家的孩子。我穿着奇怪地排在队伍里，离出站口越来越近，出站后又走进另一个包围，无穷多的回忆掺杂着感叹包围住我，有许多时候，我都想就此折回头去，坐上火车再奔赴远方，没有此时此刻，没有此地此景，也许在异乡那种不真实的、无法描述的生活才是最好的生活。

一回到烟城，一切就都又真实起来。城市虽然变化很多，但回忆一直停在那里，时间虽然吞噬一切，但那时温度依然炽热，大榕树曾目睹着我从这里跑过，小转桥曾听见我的歌声，护城河曾夺去我小伙伴的生命，天空曾为我的失意下过一场雨。

一切的一切，一切的一切的一切，就是一场梦。在梦里你虽然忘记了自己，但是无法忘记这一切，迟早有一天你会醒过来，穿着十六岁那年爱穿的白汗衫，伸个懒腰走进阳光里。

“小哥，坐车吗？去苏镇只要五十块。”一个出租车司机打断我的思绪，我不再胡思乱想，我其实是为了忘记这一切，才回来的。

坐上车，司机跟我搭讪，我敷衍他几句，没有一句真话，我让司机把车开到段况白家附近的一间宾馆，家不能回，我必须找个地方先落脚。

东西放好，我就去找段况白。推开他家的门，女服务员（叫什么名字不记得了）看见我，先是惊讶，跟着眼睛迸出光芒，我看得出来，那是希望的光。

我问她，段况白呢？

她习惯性地说不在家，又赶紧改口说，他……他失踪了。

她这么一说我一惊，这完全不在我的预料之中，我连忙问她，啊？失踪？怎么回事？你具体说说。

那女的支支吾吾说不清楚，我又问她，那他妈呢，在吗？

她回答我，现在估计在楼外楼吧？

干吗还加个吧，我在心里骂一声，冲出门打了辆车，往楼外楼去。

一路上我心乱如麻，时间不多了，居然还出了这样的事情。

我赶到楼外楼，一路问过去，在顶楼大包厢碰见了段伯母，她仍端庄威严，完全看不出是个儿子走失许久的母亲。

我开门见山，段况白是什么时候消失的？

段伯母看我一眼，叹口气，知道已无须伪装，她从小看我长大，我也看她从普通家庭主妇变成政界、商界女强人，彼此知根知底，无须戴着面具说话。

她说，发现的时候大概已经有一个星期了，到现在差两天就一个月了。

我说，一声不吭就走了？

恐怕是的，周围的人我都问过了，没有人知道他为什么要走，又去了哪。段伯母的面色突然变得难看起来，我看到她的粉也掩饰不了的皱纹轻微跳动，她摇了摇头。

我突然想起许多年前，我第一次去她家，她做了一桌子菜留我吃饭，那美味至今仍在唇齿间，但那也是仅有的一次，再后来，吃的都是他们家厨师做的了。

我突然控制不住自己想起这些，知道自己失态了，我慌忙一笑，说，他也没有告诉过我，我也不知道他去了哪。

段伯母说，我知道的，你要是知道，也不会找过来。

我说，你别担心，段二他玩失踪是有历史的，读高中的时候，他还不是整天失踪，估计老毛病犯了，现在估计在哪玩得把家都忘了。

段伯母点头，又摇头，说，唉，那时候忙生意，也没有能管好他。

我又笑笑，说，阿姨你别怪自己，其实他还是很好的，你也知道，段他是绝不像那些纨绔子弟的。

段伯母没有接我的话，沉默良久，才说：你回来了，如果有空，帮忙找找吧。

说完起身离开了。

我一个人在大包厢坐了很久，一动也不敢动，从我身后的门出去，下回旋楼梯，在宴会大厅里，我的朋友他没有再一次地喝醉，他消失了。

在街上随便逛一下，本以为多少能遇见几个熟人，曾经是遇不见才是怪事，现在好像他们一夜之间全都死了，我突然觉得自己像个外星人，行走在地球的街道上。

我感觉到孤独，外星人多年后终于回到自己的星球，却发现时间太久了，之前的生物全都毁灭了，现在只有三叶虫的那种孤独。我一个人在异乡生活了五年所有的孤独加起来也抵不过这一刻的孤独。

这，还是属于我的烟城吗?

我颓丧地坐进了新开的一家M记，给我烟城最后一个还能联系到的段小弗打电话。

在等待的过程中，居然遇见高中女同学和他的男朋友，男朋友我也认识，以前混在一个圈子里，许多年过去，他们俩分分合合，居然还在一起。

我很想过去聊两句，但又觉得其实我们彼此是那么陌生，读书的时候不熟，混社会的时候不熟，现在时间把面容都改变了，难道还能熟络起来?

不过就是一个男生上课总是睡觉，女同学总是偷看他。

不过就是男生女生突然有一次在舞厅相遇，然后发现彼此原来是同类，多一份默契。

不过就是看见男的跟另一个认识的女生相拥着坐在1路公车末排。

偶尔在QQ聊两句，偶尔遇见，微笑一下。

同学一场，这样可有可无，淡如白水几乎不能算联系的联系。

打过招呼，我又出神，间或听见他们讨论我穿的上衣款式，段小弗迟迟不来，我掏出涂鸦本乱画起来。

同学跟她的男朋友吃好了东西，给我留了一个电话号码，走了。

身边陆续来人，坐下，吃好东西，又走了，我画了一只猴子，两只猴子，一大群猴子。

一只猴子脚还没画完，抬头就看见段小弗推门进来，像夹杂着风雪，我继续去画，结果画坏了一只猴子脚。

段小弗看到我，径直走过来，我跑去给她买一杯热橙汁。

段小弗说，你要回来住了吗？

我说，没有，我回来办点事。

段小弗说那你把东西都寄给我？东西昨天到的，现在都在我家。

我哦了一声，也没解释，我问她，你知道段況白哪去了吗？

段小弗说，我哪知道，我跟他平时不联系的。

我打趣她，你可真绝情。

段小弗说，唉，我被段二害得，现在人人都知道，我跟你们俩兄弟都好过……

我说，这是事实啊，看你委屈的样子。

段小弗脸一下拉下来了，说，你是真不知道？还是段二瞒的就是你？

我说，你什么意思？

段小弗说，我跟他，那就是个故事。

我一下子醒悟过来，有些欣喜跟着又来了一连串的疑问，我问她，你的意思是一百一十七万那个？

对，一百一十七万，你想，这怎么可能是我提的要求，我什么都爱，就是不爱钱。

不对吧？我亲口听你们俩都说过，我隐藏了我派人跟踪过他们这件事。

段小弗说，做戏做全套，你懂不懂。

她必定有所预料与联想，她开始给我讲这件事情的来龙去脉：段况白从北京一回到烟城，就找到她，让她帮忙演戏，来掩饰一些他不可告人的秘密，并且嘱咐她，千万不能告诉别人，这个别人也包括我。

连我也不能知道的秘密？我喃喃自语着，问段小弗，是因为一个女人吗？

段小弗说其实我也不知道，但我感觉是的，他神神秘秘，时而开心，时而忧郁，像疯了一样。

我又问她，那你知道是哪个女的吗？问了之后我就知道我问了蠢问题，连忙接了一句，对哦，你不知道的。

我们两个人都沉默了，然后两人又几乎同时都说，一百一十七万哦。

我看了她一眼，她冲我做了个鬼脸，大笑起来。

我只好跟着笑，但心里突然莫名难受起来。

两个人在M记继续干坐，乱点东西吃。后来终于想到，去段况白家里，找找线索。

我们打车到他家门口，家里人都认识我，我带着段小弗长驱直入，直达段二的卧室。

卧室很整洁，我们像搜家一样翻过去，没有收获。把电脑打开，找了一遍，也没有收获。我胡乱猜到了段二的QQ密码，上去聊天记录看看，也还是什么都没有。

正打算走，甩了鼠标，段小弗眼尖，说，哟，这是什么书。

是一本讲西藏旅行的书，段小弗拿起来，翻了两下，又递给我，说了声，这家伙不是去西藏了吧。

我笑了一声，顺手接过书，抬眼一看，再仔细一看，黑色封皮上用黑色水笔写着一行字，我装作没看见，悄悄记了下来。

从段况白家出来，天都快黑了，段小弗说，一无所获啊，现在去哪？

我说，吃个饭吧。

段小弗说好啊，吃过饭我们还能去玩玩，不过我要先回家一趟。

我说那你回家，我在外面转转，你好了再找我。

段小弗咣地给我一下子，说你装什么装，跟我回去。

我就跟段小弗回去了，还是四平街的老房子，即使在漆黑的夜里，我也还是能分辨这街道的一切。

树的影子还没变，有那么一瞬间，我觉得我也没变，跟心爱的女孩走在她家门口的小路上。

忍不住去看段小弗，她也没有变，眼睛在黑夜里都亮着，扎着许多年前的马尾。

段小弗看见我在看她，就问我，你看什么呢？

我说，没啊，太久不走了，突然很怀念，这地方几乎都没有变过呢。

段小弗说，现在的烟城大概也就剩下这一块地方了，到处都是拆了盖，盖了拆。

我说，是啊，变化啊，千变万化啊简直。

段小弗说，其实人也就是在回忆的时候才发现改变的可怕。

我点点头，忘不了或者说是习惯性嘲她两句，现在会说大道理了啊。

段小弗说，我跟着你走这条路的时候，才十几岁，现在我都二十几了，这都多少年了，还不变？

我笑笑，没有再说话。我知道，当我在烟城又跟那些曾经的少年们在一起，我们分别得那么久的时间就会变得很短暂，短暂到今天过去，明天就能相见，可实际上是，今天过去，明天永远不来，或者永远都要来。永远的意思，就是无限的遥远，到不了的明天。

只是我的幻觉，让我以为我还是个少年，而遥远的过去，不过就是昨天。

推门进去，段小弗说家里没人，你去我房间坐坐，我上楼把衣服收一下。

我哦了一声，摸进她的房间，四处看看，一切很陌生，气味却又很熟悉。

坐在写字台上，随便拿起几本书看，都是些又厚又长的书，想起我对她说过，看书可以调整心性，想来她是听进去了。

一抬眼，看见她枕头底下放着一本笔记，心血来潮拿起来翻了一页，没看几行，心惊肉跳，继续看下去，继续看不下去，我脑内突然一片空茫。

听见段小弗下楼梯的声音，我慌忙把那本笔记本放进随身的包里，我要知道这个笔记本里的秘密。我的命运，似乎也跟这个有着神秘的联系。

段小弗探头进来，说，走吧，吃饭去，把灯关了。

我慌忙去关灯，黑暗中平复状态，跟着段小弗走出黑憧憧的巷子，走出灯火依旧朦胧的四平街，乘着车在烟城越来越宽的马路上飞驰。

不想去看段小弗，不敢去看她，许多年来，这个女孩带着秘密长大，她一直都像一个天使。

去吃大排档，一直瞎扯，免不了还是要回忆。说起从前种种，免不了还是要感叹。说起段况白，说起周云声，说起过去的每个个人，说起她跟我，锅仔雾气也免不了湿了眼睛，叫人唏嘘。

只是关于段二的去向以及她的日记，我只字不提，从我回来之前，我就打算关闭我跟他们的人生的进程，虽然我知道这不可能。

吃过饭后，我跟段小弗告别，段小弗说，不去舞厅玩玩，我支吾句我再去段二家看看，我们就在饭店门口分手。

看着她的车开走，我有些失落，呆看了远处半天，看着天空低得压住头顶，突然就下起雨来。

半个小时后，我窝在宾馆的房间看那本笔记本，段小弗一直不停地给我打电话，我不接，直到手机没电。

我看了一个长长的故事，雨陪了我一夜。

我开始细数人生在烟城的这一部分，也许是最重要的一部分。开始的时候，我是差点没来到这世界的婴孩，长了一双忧郁深邃的大眼睛，一生下来就很少哭闹。我带着纯真与好奇开始触碰这世界，一开始是吵闹的家，总是哭泣的母亲，然后是纷乱的街道，学会了走路之后我五岁就走遍了全城，那时候想，这也许就是全世界了，世界是在黑白电视机里听到的词。

开始认识小伙伴，隔壁的，邻街的，木材厂的，沿着河岸边的，我们毫无心机被安排相遇然后拐个弯就分开，只剩下一两个人仍并肩同行。

男孩子们总在打架，跟自己打，跟别人打，小时候在巷子口摔得一身都是泥，长大了提着刀在城市的街道飞奔，倒下了可能就再也起不来。

丢下刀之后，又不得不去跟那些穿西服，都长一个样的人打架，他们往往不动手，说两句，你就疼得在地上打起滚来。只是我们迟早要把他们打得满地找牙，我们都知道。

女孩子们就像烟花。开放过就熄灭，又去别处绽开。她们出现，消失，又再突然出现，叫我夜夜不能安睡，各种欲念不断割伤我的灵魂。

四岁上幼儿园，喜欢班上弹钢琴的老师。写汉字最快，不喜欢数学但还是考第一，班上有一个爱穿红裙子的小姑娘总是跟着我。

中间某一天，我认识了段况白，他骑一辆童车，满头大汗地带我爬上一百米长的陡坡。

七岁读小学，坐在三排第一位，同桌扎两个辫子，姓杨，后来据说上了清华，成为城中名人。那一年期末考试，我考到双百，也开始知道，世界原来很大，比学校大多了，学校一年级二年级六年级，还有初中还有高中，学校就像一座翻也翻不完的山。

六年级开始迷恋时装，跟坏孩子们走到了一起（也不能说走到一起，我一直处在他们当中，只不过学习好点）。坏事干过不少，幸运的是没被人发现，晃晃悠悠上了初中。

初中不再得到班主任宠爱，也终于不必虚伪地学习。大部分时间都在看漫画画漫画，考试成绩保持在年级前十名，作业从来不自己写，幻想着去远方，遇见一个故事，总有新的故事。

情欲初开，游走在女生间，未必是爱情但绝对真心实意，真实的爱，真实的感觉，真实的痛。喜欢与被喜欢，喜欢与不喜欢，世界又突然变小了，在这里，只有A喜欢B，B喜欢C，C暗恋的X与A纠缠不清。

收到过许多情书，但都被我母亲给扔掉了。写过许多情书，现在它们在哪呢？

把女孩的照片夹在某本书中，几年之后把家里所有的书都翻过，照片跟着记忆一起蒸发了。

收到过一个女孩送的小熊，我在它肚中找了半天，一无所获。几年后想来再找，果然找到小纸条，看也不敢看上面的字，无论写了什么，恐怕写字的人都不愿承认，物是人非，错过只能是错过。

还有那十本彩色的日记，被我在家里一页页撕开，烧成了灰烬。那时候我想，如果整个世界一片黑暗，那么拥有彩色的回忆又能如何？

中考看错一道应用题，重点中学差两分，花钱进了那所百年名校。开始觉得读书无用，开始写歌，组乐队，乐队解散，后来我的手废了不能再弹琴。整个高一只交过一次作业——一篇作文，为了一个刚毕业的大学生语文老师，她是唯一夸赞过我的老师，后来我逃学一个月，等到再回来，语文老师跟隔壁班有老婆的班主任私奔了，去了遥远的南方。

我对读书对学校再无半点留恋，慢慢变成另一个人。不是在逃学，就是在班上睡觉；无论什么课，都只有一本地理书；打架、打架、打群架，打架成了瘾，舞厅，舞厅，夜舞厅，舞厅成了家；我变成别人口中的小霸王、穿心甲、小三哥，渐渐离身边的人越来越远，永远留给他们一个坚强的背影。

开始想想这个世界，但是停不下来沉重的脚步，日子要么过得太慢，要么过得太快，没有爱情，理想已死，未来最好不来，哪天就那样死在烟城的某条街上，也许是最好的归宿。

后来又是一个偶然改变一切。难得去上学，难得上课没睡觉，难得有兴致跟前排女生说几句，被发现，老师不敢说我，转而攻击小女生，打抱不平替她出头，冲突之中，条件反射打老师一顿，然后甩一句，老子不念了（这句话是跟段小弗学的）！愤然离去。

我走出学校大门的时候还算是清早，心有点慌，因为我的左脚迈出那道界线的时候，我的头“嗡”地晕眩了一下。是阳光太猛烈了吧，我自欺欺人地想到。回头看一眼，我的伙伴们，他们还坐在教室里忧郁或是沉睡。深秋时分，马路上落满了法国梧桐的叶子，我一个坐在马路边的栏杆上，抽了五根烟，我一直在想，我要去哪儿呢？哪儿才是我应该去的呢？

后来我在城市里从清晨走到凌晨，那晚落了冬季里的第一场雪，雪水浸湿我的裤子，直到膝盖。

接下来我想我应该去画画了，但又不相信生活会像漫画一样出现奇迹，只得挠破头皮换张面孔再换一张继续混下去，度过一个又一个漫长的痛得想死去的夜晚。

这时候朋友们也渐渐走散，周云声在我退学的第二年因为苏戏疯了。苏戏不知道去了哪。段况白被送去参军，他总是给我写很长很长的信，信的内容却都是重复的。

我不想再去蓝月舞厅，那里充满痛苦的回忆。我每天跟着小九和他开卡车的朋友打牌，偶尔会赢，一直在输的是人生。

再后来，我就又遇见了段小弗，在蓝月舞厅，她问我借火，我们一起环游烟城的街道，我们跟踪一个叫梁功明的男人，我们分手了。

我离开烟城了，我终于离开了，离开了南方那些美貌却无所事事的年轻人，离开我的回忆，离开我的狼狈，离开我的自己。

离开一个每次在耳边听到就低下头去的词汇，以为走出了世界尽头，外面就会是茫茫的宇宙。

走廊前的高跟鞋敲击木板声把我从跟踪回忆的行为中解放出来，我捧着段小弗的日记坐在床边，半个身子都已经麻木。

在我的回忆的流淌中，曾有数次的停顿。

为过周云声，他的苏戏，都去过哪里，都做过什么。

为过段况白，他一直为了未来，痛苦不堪，而这一次他又跑去了哪里？

为了段小弗，她带着隐秘的伤疤活着，至今仍痛苦不堪，为了那个母亲的恋人，她初次遇见的男人。

还有那部一直也看不到的电影，许多年过去，我也已经成为了一个拥有太多秘密的人。

太阳升起来了，我又错过了一个好天气。我睡下去，打算醒来继续跟踪回忆，然后离开，这一次是永别。

醒过来之后天差不多快要黑了，我刻意避开白天与人群，想静静走完这一程。

我的回忆，多半都是在黑夜里，像永远一样的黑，覆盖住一切的夜，我曾眨着明亮的眼睛，突然给黑夜划开一道口子，照耀眼前人的脸庞，也照耀前进的路。

现在只剩下黑暗了，我轻声叹气，站在新建好的公园门口，眺望面前的一片工地。

这里以前有一幢幢密集的房子，许多老房子，许多人的一生，他们交织而出的街道，街道上那些已经离开的老人，总是待在家的中年人，在街头奔跑的少年们，他们互相认识，交好，结仇，有着千丝万缕的关系，有着共同的回忆，有着同一个关于时间的故事，有同一个故事的结尾，万家灯火在一瞬间熄灭了，熄灭，再没有同时亮起的时候。

我绕着工地转了一圈，有些家破人亡的意味，最后我停在河岸边新修的公路上，开始清除那些回忆，我痛苦不堪。这回忆像杀不掉的病毒，又像公路两旁的路灯，在黑暗里亮出光，又被另一处的黑暗吞噬。

我终于又听见那个声音，慢慢响起在我周围，不断重复。

快跑，快跑。

我沿着河边跑起来了，像上次回来那个被周云声跟踪的晚上，跑起来了。

把路灯当成那些回忆，过去了一盏，就忘记了一段，所有的一切，都将被重新记忆一遍，然后忘却。

我花了十几天进行完这像仪式一样的忘却，走遍了烟城的每一条街道，每一个拐弯，每一所房子。一路走来，记忆都被留在身后，我对这个城市越来越陌生，只剩下几个模糊的影子，离别的时刻终于来临。

我约段小弗出来，下午四点在“倾杯”茶馆，她面貌平静，我猜想她肯定疯一样地找过我，但我换了电话号码，她以为我一去不回，也就断了念想。

我拿出她的日记本，先开口说话，我说还给你，对不起。

她接过去的手有些微微的颤抖，我很想握着那只手，但是不能。

我说我今天晚上的火车回上海，跟你告个别。

她半天没有说话，愣了一会，说，你都看过了啊？

我点点头，看见她又想说话，我伸手示意她停下来，我点点头，说你不用说，我都明白。

我明白你的一切，少女段小弗，你的一切。

段小弗说，你会替我保守秘密的，对吗？

我点头又摇头，她又不解地看着我，我说，你根本没搞清楚这事情，记忆都是混乱的，秘密也是不真实的秘密。

段小弗说，我不想去深究，知道真相又怎么样，伤害已经形成，只会越来越严重，你不去管它，它总有一天会好的。

我叹口气，说，你说的也对，顺受虽然未必安稳，但是反抗是一定要流血的。

段小弗笑笑，说，你现在满口大道理，真不像你了，以前你是最不会说话的人了。

我也跟着笑，我说那好啦，你的事我忘了，再说，我能告诉谁呢？咱们认识的人，还有几个在的，段二说不定这次也死掉了。

段小弗说，怎么就死了？你别瞎说。

我说，我说过的，他迟早要死在女人手里。

段小弗说，哦，难道你有线索了？她这么一说，我才意识到我说漏了嘴，我在段二家发现的那行字，是一个地址，在北京，地址后面跟着一个女人的名字。

我连忙解释，没有，没有，我只是想，他这种人，还能怎么样呢？

段小弗又说，那你呢？

我说，我会死在我自己手里。

段小弗说，我看你也多半死在姑娘手里，可惜啊，可惜。

我说，可惜什么？

段小弗说，可惜当年我没伤死你，把你伤死在烟城。

我说，你现在也有这个本事的，来吧。

段小弗摇摇头，好像一下子变得很伤感，说，现在不行了，你早已经不属于烟城了，你属于上海，属于网络，属于这个我不懂的时代，就是不属于烟城。

我被她说得一震，想不出什么话来回应她。我们沉默了一会，我说我去你家拿我的东西，放回家去。

她说好，一路上偶尔闲聊，问起她的近况，生活种种，有些虚伪，我嘴上这么说，心里却在等待着把她遗忘，等得心急火燎。

叫了一辆车，全部装车，段小弗想陪我回家，但被我拒绝了，临走的时候我察觉她有话想说，但没说出口，也没问她，时间不多，火车不等人。

我跟司机说把车开到河边上的沙滩去，没回头看她一眼。

其实她是想告诉我，她收藏了一本我中学时代的日记，以前去我家拿的——我想放弃的人生就这样残缺了一块，因为命运作祟，我毫不知情。

叫司机帮忙把所有的东西放到沙滩上，看着他远去，我一个人坐在沙滩上等日落。

想起少年时代在这边那边，在苍穹下，水中央，突然很想抽一根烟，或者喝点酒。

太阳终于慢慢落下去了，我把那些东西整理一下，堆得好像蒙古人的坟墓，四下看看没人，又从后面的芦苇翻出一瓶汽油，从上往下浇下去，滴到沙滩上，再渗进去。

然后点火，像许多年前在这里放火烧芦苇一样，火苗飞快地蹿高，伴着黑暗吞噬一切——穿一季就过时的时装、有用或者没用的书和杂志、与人维持关系的信件和账单、写过的书与日记、画过的画拍过的照片，与不得不付出的时间，一同化为灰烬。

火光映红我的脸，我知道，我已经改变了我的模样。

又回到上海，带着我的电脑小暖，每晚睡在不同的宾馆，谋杀不同的还残留的记忆。

跟踪最有名的私家侦探，抓到把柄逼迫他为我做事。他没有叫我失望，一个星期后，我拿到了我想要的5个人的全部资料。

伍端成，上海伍氏集团继承人，二十八岁，目前单身。最近经常出入的地方是吉祥饭店以及细马健身中心，两个地方的台号都是45号……

第一个跟踪的就是也在上海的伍端成，跟踪三十天，最常出没的地方是饭店，总是一个人吃饭，没有新的伴侣，像个真正的贵族。

第三十一天我带着一个条件出现在他面前，他很吃惊，但很快平静下来。我要用苏戏的电子信箱密码来换他的一百一十七万，他很明智也很幸运，他答应了。

他终于能真正了解他唯一爱过的女人，他终于知道怎么样去跟踪一个死人。

苏戏的信箱里存着她从会上网以来写的信，全部是未寄出的草稿，其中三百六十四封是写给周云声的，一百二十七封写给自己，最后的三十八封，是写给伍端成的。

苏戏的密码是duibuqi，我对着163的信箱，整整试了三天，才奇迹一般试出来。

如果试不出，我会伪造一个信箱，然后模仿苏戏的口气，给伍端成写一封未发出的信。

第三十二日我收到伍端成的钱，我又换了一个电话号码，把伍端成从记忆里抹掉，还有苏戏，或者还有周云声。

我把钱全部取出来，随身装在旅行包里，我并没有打算就近去找同在上海的艾丽丝，我打算去眠城的上海路，找那个叫段小弗一直难过的警察。

齐洲，前南方眠城便衣警察，三年前执行任务伤了右腿，现在独身住在上海路87号，经营一家名叫“南风”的小面馆……

眠城跟烟城很像，高速发展的时代中裹足不前的南方小城，建筑都不高，天空总是灰蒙蒙的，街角总有奔跑的少年，少女们都很漂亮，有许多过早地成家，带着同样漂亮的孩子。

跟踪齐洲十八天，其实第一天就可以结束，十八天我都在“南风面馆”对面的茶馆二楼一个人喝茶。齐洲生活很规律，除了面馆二楼的卧室，几乎不去其他任何地方。

第十九天下午，我站在了面馆门口，仔细打量还有它坐在锅子前发呆的主人。面馆很小，来第七个人都没有地方坐，很干净，装修朴素但却典雅，墨绿色的招牌一尘不染，门前栽种着不知名的植物。二楼是小小的卧室，大窗户，绿窗帘始终拉着，晚上也不见影子晃动。

店主人很安静，是个英俊的瘸脚男人，看不出年纪，但一定历尽沧桑。厨艺应该不错，来的都是回头客，生活看似平静却内有暗涌，跟我大概是一类人，总是出神，千百次都去想那一件事，或者把一件事想千百次。

我推门进去，下午三点店里没有别人。他问我要吃什么，我一张口他愣了一下，我说的是烟城话，他还听得出来。

我说，老板，随便来碗什么面，不要水产的。

他嗯了一声，看我一眼，我看到他的眼睛，炯炯有神，坚定逼人。

片刻，面好，他端过来，放在我面前，我趁机问他，你是齐先生吗？

他虽然有所准备但还是吃一惊，你是？

我说我是你不认识的人，却是来找你的。

他说，那你有什么事吗？

我说，别急，等我吃口面，一下车我就赶来了，饿死了。

他说，你先吃完，不急，慢慢吃，慢慢说。

我于是装作非常饿的样子海塞了两口面，然后说，我来报信的。

他在我对面坐下，要静听我说完。

我说，我从烟城来，那里有个女孩儿，她说想找你借一样东西。

他的眉头紧紧皱了一下，他听懂了我的意思，他在确认我的身份。

我见他这样，站起来凑到他耳边告诉他，女孩儿想杀了他的父亲。当然，不是她去，是我去。

他还是有些疑虑，于是问我，为什么？

我说你对她的爱有多少，我的肯定比你的还要多一倍。

他这下相信了，一个少年风尘仆仆来找他，为了他女人一生最大的心愿，于情于理都没有错。

更何况这正是他一直想做的事情，如今有人愿意替他去做。

他叫我跟他上楼，他摸索了半天，终于把我想要的东西给我，我把它别在腰间，下楼吃完剩下的面，才与他告别。

我本来想替段小弗打听一下故事的真相，男人真实的身份，但我一看到男人的样子马上明白了一切，他跟段小弗太像了，整个故事的脉络迅速在我心里成形，三年前他自己演了一出失枪的戏，为的有朝一日能做些什么，到底做些什么，他这几年一直在想，恐怕到现在还没有想出来。

或者说，这一切的后果，将会给那两个女人带来什么。

如果是我，肯定是杀了段言中，夺回原本属于我的一切。

虽然与原计划有所出入，好在并不影响事情接下来的发展，想要的东西已经得手，接下来，要再去北京一次。

许小影，北京文艺女兵，父母经营吊车生意，家境殷实，将于今年十二月退伍，退伍后第一件事情是打算去日本旅行……

我对许小影一无所知，如果不是因为段况白，我跟她这一生都不会有交集。我在段况白写在书皮上的地址附近蹲了三天，才确定那个红头发，黄外套，黑色长袜子的小女孩就是许小影，我以为她脸庞干净温柔知性，谁知道她哈韩哈日像个选秀明星。

跟踪她一个礼拜，这女人生活糜烂，混迹各种娱乐场所，乱交朋友，在舞厅放荡跳舞，一晚上喝醉三四次，凌晨五点在路边大喊大叫我要做爱，她很像我十几岁时认识那些夜不归宿的姑娘们的升级版，但是曾经我有多爱她们，现在我就有多讨厌她。

在一个落着雨的凌晨四点半，我把她堵在了某小区的门口。我戴着面具，拿着一把刀，抢了她的包并且告诉她不许叫，如果叫的话我下次还会来找她，并且一定划烂她的脸。

我大摇大摆地走到路口，打车回了宾馆。

在许小影的手机里，果然发现段况白的踪迹，最后一条短消息来自三天前的凌晨三点十二分，内容是：再等等，就快有了。

就快有什么了？一百一十七万？我心理猜疑，但不能马上打电话过去，他一听我声音，肯定挂机，关机，换号码。

我想找个人来帮我引诱他出来，最好是女的，想来想去想不出找谁，最后只得去网上找。

我已经很久不上网了，一上QQ信息声就像机关枪，搞得旁边看电影的女孩忍不住偷偷看我，BLOG上的人全在打听我去了哪，呼唤我快回来，电子信箱堆满了信，乱七八糟的各种新闻我足足看了一个小时……后来我找到一个女孩。

女孩是二零零年的时候跟我认识的，叫"叽里咕噜"，北京人，那时候大家都刚学会上网，OICQ第一版还没有出来，只能整天腻在聊天室里，我就跟她聊天，半天她不说话，我问她，你干什么呢？她说我吃苹果呢。半天她又不说话，我说你又吃苹果啦？她笑笑，说，你好，我是叽里咕噜，我们聊聊吧。

聊了很多年，从QQ到MSN，再到彼此挂着再也不说话。这天我主动联系她，说，我在北京，有事想找你帮忙。

过了很久她才回话，说好啊。

我说，见面聊吧，约在哪哪哪。

她说好，一个小时后见。

一个小时后我们在北京著名的一条街上认出对方，我请她喝咖啡，她与我一直想象的不一样，我与她一直想象的也不一样，她说她美术学校大三了，可能要出国继续读，我说我在跟人合伙做服装生意，早就不画画了。

我说明来意，当然我没有告诉她全部真相，只是说我在寻找一个离家出走的好朋友，有许多人都很担心。

她给段况白打电话，按照我教她的，用许小影的手机，说她捡到一个电话，不知道应该还给谁，而段况白是她电话本的第一位。

段况白果然上当，四十多分钟后，我看见他进了叽里咕噜所在的咖啡馆，我悄悄地跟了上去，他还没有坐稳，我跟着坐到他的旁边，似笑非笑地看着他。

他非常吃惊，看看我又看看眼前的女生，我说，小样的，玩失踪，现在找到你了吧。

段况白看上去非常憔悴，说，你回过烟城了？

我看看他，没有回答，我说，我们换个地方说，先把这姑娘送回家。

我们于是打着车，送女孩回家，我微笑地跟她说再见，再也不见。

然后司机问我们去哪，我说，段二，去你家？

他有些不乐意，但最后还是报出一个地名，车子开了好久好久，才又停下来。

我不知道这是北京哪里，是个贫民窟，附近没什么高楼，所有的建筑都破旧脏乱，连马路都是凹凸不平的。

我说，你就住在这？

段况白点点头，他带着我穿过一幢幢黑暗的筒子楼，再走进狭窄到令人窒息的楼道，没有上楼梯而是下到下面去，他住在地下室，我眼前一黑，好像踏入地狱。

一个小房间，一张床，其余什么都没有，我们两个站在床边就站不下第三个人。

我说，你怎么住在这种地方，你没钱了？

他点点头，说，不过很快就有钱了。他说，你就坐床上吧，你找我是不是出了什么事？有事你就说。

我看着眼前，无处可坐，我说咱们还是走吧，这个地方太压抑了，我一刻也不想呆，你跟我回宾馆吧，晚上就住我那，我们好好聊聊。

一路无话，段况白居然在车上睡着了，我看着我最好的朋友，看着他头顶的白发还有他已经磨破了的PUMA外套，百感交集变成爱恨交织，盘踞在我心间。

回到宾馆，正要交谈，段况白提出要先洗个澡，我坐在沙发上等着他，想到他过着这样连洗澡都困难的生活，我决定马上跟他摊牌。

他一洗完我就问他，你这次又是为了什么离家出走？

他装作很自然地说，出来闯闯嘛，每次还不都是这样。

我说，闯闯？你连我都要瞒着吗？我掏出手机，调到照片，啪地扔给他，自己看。

我偷拍许小影许多糜烂夜生活的照片，段况白一张一张很仔细很仔细地看着，我能感觉到他整个人在微微颤抖。

我夺过他手中的手机，说，你看看你都喜欢的什么人，你为她遭这样的罪，值得吗？

像记忆里的每一次一样，段况白他双手抱头，痛苦地撕扯他的头发，他轻轻地却又咬牙切齿地说，我也没有办法，我……我真的不能没有她。

我很想冲过去把他暴打一顿，但世界上唯独暴力无法解决这个人，我骂他，那你现在这样又是什么意思？喜欢就去追，把自己弄得跟要饭的一样，博取同情心啊？

久违的话又再次从他的口中说出，我突然明白了双城故事中不了了之的真正结尾。

一百一十七万，你会嫁给我吗？

那个女主角原来不是烟城段小弗，而是北京许小影。

段况白上次是逃回了烟城，但是心魔未除，可是这心魔在心里，妄动就是死，不动却一直痛。

我想到我身上带的那一百一十七万，这个数字是我随口跟伍端成说的，我现在交给他？可是给了钱也未必能了结事情，这个女人不值得爱，这个女人是祸害，更何况这个女的根本不爱段况白。

我只能说，你短期不可能有那么多钱的，为什么不振作起来，好好生活？为什么不回家去，努力赚钱，女人多如牛毛，为什么不另选一个。

段况白还是维持抱头的姿势，不发一言。末了，他突然抬起头，看着我，他的眼神叫我心寒，他一字一句地说，三天之内，我很快就要有钱了。

我哦了一声，以为他说笑，谁知道他表情严肃，说真的，你晚上跟着我一起去，你就明白了。

他看着我，眼神变得不可捉摸，却又异常悲伤。

好不容易熬到晚上，其间我们几乎没有交谈，彼此都在想别的事，又似乎是同一件事。

天快黑的时候我们坐上车又回到他居住的地方，我隐隐有些不安，我知道段况白与我是相同的人，我们又都处在人生最重要的路口上，向左向右都不难，难的是我们想一步登天，飞上云霄，到银河去。

到达的时间差不多是晚上八点半，段况白没有带我回家，领着我东拐西拐，最后坐进了一家小火锅店，看我有些疑惑，他指指玻璃橱窗对面，是马路，再过去是一家看上去很豪华的浴场，我说，怎么？你又要去洗澡？

段况白看看我，掏出手机看了看时间，说再过五分钟，你会看见一个女人进去。

五分钟后，我果然看见一个穿红色大衣的女人在门童的迎接下进到浴场里面，我觉得这个女人很熟悉，但又知道不可能认识，这是北京，不是烟城。

段况白看我迟疑了一下，说，你认识的，这个女的，一起吃过饭。

我哈了一声，再去想，还是想不出。

段况白说你想想，在我家饭店，后来我跟海锐打起来了，你的中学同学喝到胃出血。

我一下子想起来了，姐姐，姐姐，你在北京的那个干姐姐。

段况白点点头，说，她现在在做一笔大生意，她的合伙人在这里住了快一个月了。

我终于了解他在这附近租房子的用心，但仍不知道他到底要做什么。我直接问他，你要干什么呢？这些跟你说的钱有什么关系？

段况白说，他们这几天就要交易了，我打算……

我一下子明白过来，他处心积虑，铤而走险，为了钱，为了一个其实荒唐可笑拒绝他的借口。

我看着眼前的段况白，突然觉得很陌生，却又太熟悉，他不再青涩的脸，逐渐浑浊的眼神，额头一直到后脑密密麻麻的伤疤，他正在端起酒杯，把啤酒往嘴里送。

我一把夺下他的酒杯，注视着他。

他看一眼我，迅速逃开我的眼神，说，你不用劝我，我非干不可。

我把那杯酒一口喝尽，对他说，算我一个吧，我帮你，钱我一分不要，只要你觉得为了那个女人，一切都值得。

值得，有什么不值得的，段况白夺过我手中的酒杯，倒满，喝干。

我心里有个计划渐渐成型，我问他，打算具体什么时间动手。

段况白说，后天，后天晚上他们签约，我姐会带着现金来。

我说，那这几天你继续盯梢，动手那天我来帮你，我有这个，我做了个手枪的姿势，他一看，先是一惊后是狂喜，我们又继续商量细节。

临分别的时候我邀请他去住宾馆，被他拒绝了。我又想这样也好，方便我做事。

两人分头，各自为了后天晚上的行动准备着。

三天后，我比约定的八点十分早半个小时到达浴场对面的火锅店，带来的还有段况白的妈妈以及几个保镖，他们在段况白还没有搞清楚怎么回事的时候迅速擒住了他，他拼命挣扎，却丝毫不能动弹，到最后，一个劲地骂我，各种各样难听的话，好像疯了一样。

我站不远处，恨不得用别在腰间的枪杀了他，再杀了我自己。我看见他憎恨我的眼神，只能低下头去，我看见他攥紧的拳头，只能把自己的拳头攥得更紧，我看见他被架上车，只能颓然地坐在车座上，就快要哭了。段妈妈过来抚我的肩，我也没有反应。

他们都走后，我坐在靠窗户的位置一直坐着，看着对面浴场的人开了各种名车来了又去，去了又来，看着段况白的干姐跟着一个肥头大耳的男人兴致昂扬地走出来，看见一群姑娘下班了，穿着朴素地包裹着她们艳丽暴露的内在。直到火锅店打烊，我又在街上走了一会，才冷静下来。

我决定去找许小影，我人生第一次如此讨厌一个人，想要用各种手段折磨她。我打车来到之前许小影她常去的酒吧区，一家一家地找，终于被我找到。她又喝醉了，一帮人都挤在包厢里不知道玩什么游戏，我推门进去，指着许小影说，全他妈给我都别动，她是我女朋友。

我冲上去就给她两耳光，她还不醒，我麻利地扒光她的衣服，用她的丝袜把她绑在KTV包厢门的把手上。

她的朋友们，一个劲在旁边起哄，却没有一个人站起来阻止我。

当我绑好，闹剧到了高潮，音乐开到最大，没有人在唱歌了，所有的人都掏出手机相机拍照。

我在许小影的耳边轻轻说，有人给了我一百一十七块，叫我这么做，我不知道她听到没有，她的酒看上去好像还没醒。

不要醒，醉着的才是最美好的世界。

我出了包厢，在走廊里这么喃喃自语道，很快地，我带着行李，把回忆留下，消失在我再也不会来的北京。

我这一次的人生，还有最后一站——上海。

艾丽丝，上海女白领，在一间小的广告公司上班，独住在南浦大桥附近，周末的时候男朋友会来过夜。

我扔掉了资料，其实我不需要这个资料，对于艾丽丝以及她的生活，我比她自己都还了解。我本来以为要了结的一切，这一个最简单，因为这本是一个完结的故事，一切都无法再改变了。

我一直以为我只需要一个忘记的动作，然后就算完成了我的计划。但我错了，我回上海的第一夜，当我再看见她的背影，又横生许多枝节。

我很爱，我很爱那漆黑的发，那平缓的肩，那优美的腰，那细细的手腕，我很爱她在黑夜里轻轻地走动，像一只鹿。

我很恨，恨那个高大的背影，他不时伸出的手，他不断扭头的嘴脸，他的影子压住她的影子。

在漆黑的冷清上海弄堂里，初次的那种感觉再次出现，那一直跟着他们的影子，忽然蹲到了地上，一动也不动。

我等着那男人出来，然后不经意地一拳把他打翻在地，用那把枪的枪柄使劲地砸他的头，砸得他喊不出声来。

我一身是血，不知道应该去哪，只能逃回我空荡荡的家。

洗了两个小时，才洗干净那些血，心是洗不干净了，只能被淋浴的水冲刷到平静。

我打开小暖，翻看我之前写过的《致艾丽丝》，我很久之前就开始跟踪她了，从我们分手后，直到今天。

今天再去看这篇小说，一句一字，仍灼痛心灵最黑暗的部分，它不是光，它只是温度，滚烫的叫你说不出话的开水。

我发呆了一整夜，小暖陪着我，直到凌晨才睡去。

我完蛋了，我想不到方法来忘记最后需要忘记的部分，这时候距我定的期限，还有六个月。

我只能继续选择无耻的跟踪，继续带着叵测的目的鬼祟地行走于上海的街道。

从秋天到冬天，我越来越像一个真正的影子。

冬至的那天我穿着单衣，蹲在南浦大桥等着艾丽丝经过，结果她是打车回家的，恍惚中我睡过去，醒过来才发现凌晨四点了，她都已经睡了。

那个被我打过的男人去医院躺了一个月，艾丽丝悉心照料他，出院后他不声不响地离开了她，彻底消失在她的身边。

艾丽丝又变成孤单单的单身一个人，往事好像重新来一遍，我跟着艾丽丝，她还是我伤心的伴侣：她一个人坐在麦当劳里，点了五个汉堡，四杯可乐还有一杯她从来也不喝的牛奶，她总要在门口的杂货铺买点什么，花很久的时间读一本书，她还是喜欢上网聊天，每天只跟一个人聊，第二天又把那个人删掉。

我跟到最后就快要疯了，我想忘了这一切，但回忆被不断填满，一笔又一笔描画，浓重到再怎么用白颜料去盖，也还是透出黑影子来。

第九个月的第一天，在一个夜晚，我看着艾丽丝的灯灭掉之后，我决定如果再过两周没有什么进展，我就自杀。

虽然我这样想这样打算有些任性，但确实是对命运挑战，我觉得我的人生不会是如此的——二十二岁的男作家在上海家中饮弹自尽，原因不明。这不是我应有的结局，我知道。

命运果然屈服于我，或者说它正继续走着它安排的路，只是再也难揣测我的心思。我冥冥感觉到有某种神秘的力量在帮助我，我知道，结局即将来临。

转折是从九月的第三天，艾丽丝去买报纸开始的。凌晨两点她家的灯突然又亮了，她打扮整齐地出门，我跟上，她去便利店买东西，什么都没买，买了一大堆过期报纸，之后又回家睡觉。

我知道她这个行为反常，但并不知道她为什么半夜两点去买报纸。

第二天一早我就在她家楼下埋伏，她八点半出门，坐上一路公车，我打了一辆车慢慢跟在后面，她坐到底站，我跟到底站，她又上一辆公车，我又打车跟上，一路上她始终在看报纸，或者说装作看报纸，我觉得这一幕特别熟悉。

跟着她又到上海的另一边，她在闹市区的餐馆里慢慢吃东西，中午时分离开，下午时分又换一家继续慢慢吃。

始终在看报纸，始终在装作看报纸。

到了傍晚，我才明白她的意图，她在跟踪一个男人，一个做平面设计师的男生，报纸是掩护，她跟在他身后，像个暗恋学长的小女生，窥探他的一切，像他的影子，而我是影子的影子，忧郁得连黑暗都不是。

我就这样跟踪着跟踪别人的艾丽丝，感觉就好像沉入海底，沉入海底不可怕，可怕的是这海不知道有多深，海水由蓝变成黑，密不透风的黑，我还在下沉，这就像地狱，它没有底。

有许多次，无论在白天还是黑夜，我都想开一枪，让枪火照亮我的周围，哪怕就是一瞬间也好。

九月的第十四天，艾丽丝的跟踪被那男人发现了，那男人看见她躲在报纸下美丽的脸，又惊奇又惊喜，他邀请她吃饭，吃完饭出来的时候他试图去牵她的手，她没有拒绝。

我忽然想起我发现她的那个晚上，她笨拙地试图用一张报纸把自己挡住，想让我看不见。

当一个人总是反复做同样一件奇怪的事情，他必定是其不可告人的目的，或者他有一个秘密。

我知道黑暗就要到底了，地狱就在眼前。

艾丽丝跟那个男人交往一个星期就分手了，没过两天她又找到了新的目标，她的生活就像上面那个私家侦探给的资料一样周而复始着，像永远一样，像命运一样，这是叫我害怕的东西。

九月的第二十六天，艾丽丝又带着新的男人回家，我在黑暗里沉到了头，我到达了地狱。

我不再跟踪，我终于明白，跟踪一个人也未必能窥探到什么，人的心就是人的地狱，它深不可测。

而命运捉弄你，让你认为你能懂得那些人的心，也让那些人以为，他足够了解你，能影响你的存在。

我还是决定要完成我未完成的计划，这计划就是我要毁灭我现在的人生，像母亲孕育我一样，我要用十个月的时间，把自己变成另外一个人。

我呆在家中，面对我最后的朋友，我的电脑，我的小暖。

接通网络，接通北京、广州、烟城，接通这个世界。

用搜索引擎，所有的搜索引擎，一条条地看，从烟城出来这五年，我在网上留下的一切。

一个页面打开，又关闭。

一段回忆开启，又忘记。

所有的文字，所有的画面，所有的相片，所有的视频，所有的记录，所有的信件，所有的软件，所有的文件夹，都可以删除；

所有的午夜流离，所有的狭路相逢，所有的感动悲伤，所有的悸动崇拜，所有的妒忌厌恶，所有出现存在过的痕迹，都可以清理；

所有的想念都会被想念别人代替，所有的铭记都会被成长扭曲。

所有的故事最后都是没有人再去听，所有的爱与恨，都不会有人再提起。

所有的所有人，都消失得无踪迹，就好像你放在回收站的东西又被你清空，你知道它们去了哪里？

一个人，没有跟你见过面，只是在网上相遇，你不知道他叫什么，也不知道他到底是做什么的，你们就是在网上聊天，或者去BLOG互相探望，终于有一天，你发现他的QQ很久没有登陆了，他的BLOG很久没有更新了，他像一滴汗水蒸发在这个世界上，他消失了，你甚至没法去跟踪他，你没法去跟踪他，那你为了他付出的那些时光，又算什么？

我问小暖，它不回答我，它能回答我什么呢？它还不是个帮凶。我还是只能自己了结，先是了结那些网页，然后我开始改我所有一切在网络上需要登陆的密码，十六位无机排序字母加符号加数字的密码，我写在纸上，一个一个照着改过，然后点火把纸烧掉，这样，这些数字构成的锁锁住了我在网上的一切，起码锁住艾成歌在网上的一切。

了结了网上的一切，我拔了网线，我开始清理小暖，其实很简单，格式化它160G的硬盘，就会使它丧失所有的记忆。

在格式化之前，我还要再全部看一遍，这里面有我的过去现在，也有曾经构架的未来。现在未来虽然不需要了，但总要先忘记，不然残存的记忆又会突然冒出来，就好像一个人还拥有着前世的记忆，那么他哪一世都过不好。

用软件统计，小暖一共有5316个文件夹，有94046个文件，我一个一个看过，一直看到九月又二十八天的夜里。

我松口气，又叹口气，终于决定要跟我最后的朋友告别。无数个夜晚，我抚摸着这键盘如同抚摸爱人的身躯，我注视着屏幕如同注视爱人的眼眸，我倾听着音箱如同爱人的心跳，我陪着它欢笑嬉戏，工作学习，我陪着它哀伤哭泣，憧憬回忆，我陪着它入睡，醒过来第一件事也是弄醒它，我以为我这一生都将不能与它分离。

没有办法，还是要说再见啦。我狠狠心，按下回车，小暖在一瞬间或者更快的速度，闪了一下，一切都消失了。

一切也许都没有存在过。我安慰自己，这时候我几乎忘了一切，只记得一件事，关于这个故事的结尾，我打算睡一觉，醒来再继续。

没有梦，时间像被偷走，偷吧偷吧，时间不多了，真的不多了。

我在三十号的凌晨三点半醒过来，打电话给那个私家侦探，他半个小时后到了我家，我递给他家里最后一罐可乐，他喝了两口之后问我要干什么，我说我在等一个人，人来了你就明白了。

那个人最后没来，根本没有那个人。十分钟后私家侦探倒在我家地板上，可乐里有安眠药，我把事先准备好的三百根蜡烛堆到他身上，点燃。

这个家木质结构的老房子，一个小时后一切都将烧成灰烬。

我看着火苗越来越大，越蹿越高，就快要烧到我自己。

我必须离开了，这火焰是我涅槃的火焰，我剩下的一点点回忆，将被它吞噬待尽，我很快会变成一个新的人，得到重生。

还有30秒，最后30秒，让我最后回顾一下自己的人生：

母亲

父亲的脸

街道

小红花

考卷

红X

儿童脚踏车

牛仔裤

段况白

木材厂

夏天

周云声

雪

河

桥那边

饭店

白酒

晃动的霓虹灯

蓝月舞厅

苏戏

雪

段小弗

影子

街道

电影

秘密

一条鱼

烟城

无数列火车交叉地开动

广州天河城

上海美罗城

塞宁

四城

破碎之花

艾丽丝

苏州河

烟城

街道

影子

一个穿白衬衫的少年

奔跑

母亲

父亲的脸

……

火焰，火焰……我跑了出去，反锁上门，把钥匙扔回房间里，从二楼翻身跳下一楼，像一只猫轻轻落到我家后面的巷子里，抬头看上面火光已经亮起来了，还没有人发现这一切。

我慢慢地往前走，我已经忘了我是谁，我腰里别着一把不知道从什么地方弄来的枪，我不知道我曾经想用它来做什么。

我在上海的街道打着旋地游荡，天还不亮起来。

我忘了我是谁，我也不知道我要往哪去。

原本以为会出现的那个声音没有出现，四处都是无声的黑暗，好像深深的海底，我都不再下沉，停在虚空之中。

我旋转一圈，没有看到我的影子，我沿着光亮，奔跑过去又突然停下。

我终于找到了我自己，可是我不知道我应该往哪里去。

番外篇

明朗

Ming Lang

[Side A：杨雅鹿]

我几乎又听到明朗的声音，在喧嚣的KTV包厢走廊远远传来，不断重复，他呼吸，他叹气，他反复说话，他的头发摩擦皮肤，或眨一下眼睛，像潮汐一样的声音，最终，停在我的耳边。

声音停在我的耳边我就哭了，当时易南也在，她唱完一曲坐到我的身边问我怎么了。我低低头，说烟熏的。我站起来，拐出门口，再走到大厅的沙发上，在那我看见一个红头发，个子小小的女生，她多漂亮啊，好像以前的我一样，站在那里是一张照片。

明朗说，同学，你可以再站到那个位置上去吗？

我有些惊愕，我说，你在跟我说话？

明朗冲我微笑，举起我没注意到的相机，说，你刚才的样子很好看，我可以拍一张照片吗？

我也不知道该怎么拒绝，我哦了一声，然后站回原来的地方，明朗说，你就自然点，刚才那个样子。

我却无法再变得自然，身体与表情都突然石化。

明朗对着相机转了半天，最后走到我面前。他替我拂拂头发，说，刚才你在听那首歌，那表情很美，可惜没拍下来。

我看到他眼神里那种失望的伤感的光，他放下相机在身上摸了半天，摸出一张名片，说，你给我留个电话吧，我觉得你的样子挺好，我可以帮你推荐给一些杂志做平面模特。

那时候我十八岁，穿着冒牌的AD球鞋，每一天都在做变成女明星的梦。我想，要不是我从最开始的时候就这么虚荣，我现在可能不会失去林明朗。

易南说，要不是你的虚荣，你也不会跟林明朗有这一段故事。

在KTV遇见林明朗的第二天，我就给他打电话约他出来见面，但是他很忙，我一天给他打好几个电话，他也不烦，反而不停跟我说不好意思，对不起，再等一下好吗？在电话里，我觉得他是一个温柔和善的人。

后来我们在一间旧餐馆见面，等我们落定入座，他冲我微笑，那一瞬间我的身体起了不可思议的化学反应，那感觉就像我真的成了女明星，而我们正在出演一部偶像剧。

他背一个很大的破旧背包，里面放了三台相机。等到再次见面，我送了他一个黑色的Nike背包，一千六百块，是我三个月的饭钱。这之前我已经知道了林明朗是什么人：二十二岁，头衔是摄影师，头衔的前面有诸如“最有前途”之类的许多定语，他出道至今，只跟天后级的女艺人合作。

第一次见面的时候林明朗显得有点慌乱，那时候他还很年轻，眼神有点脏，交织着纯真与世故，他坐在我对面，话很少，基本上都是我问他答。

分开的时候，他给我拍了张照片，在饭馆的门口，我的微笑看上去那么纯白。

我想到这里，自己龇牙咧嘴地在沙发上笑了。刚才那个个子小小的女生已经不见，我回过神来，想起易南她们还在唱歌，于是折回去。

回去包厢正好到我的歌，唱了一半发现心思完全不在唱歌上，画面太美，让我又想到林明朗，他有那么多的照片，每一张都像这MV那样美。

我不再唱歌，这个晚上我突然很想念林明朗，许久以来我一度以为我已经淡忘他遗忘他不再在乎他，我以为我烧毁他为我拍的三千七百张照片之后，时间就此也烧成灰烬。

但是我又想起他，实际上是这几天我一直在想他。在街上走的时候看见广告牌想起他拍过的广告，翻看杂志的时候特别去留意摄影师的名字，看见拿着相机的年轻男孩子，会忍不住多看他几眼，跟着他走过几条街然后一个人站在路边哭。

我想起我们第二次见面的时候是在摄影棚里，林明朗很顺利给我找到了一份模特的活。拍了一天，最后那杂志非常爽快地付了四千块，这样去掉我送给林明朗的背包，我挣了人生的第一笔两千四百块钱。收工的时候我要请他吃饭，在电视台大楼的门口，他突然无比严肃地对我说：我一定会给你拍一张这世界上最美的照片，真的，最美的。

面前的马路正在堵车，汹涌的人潮与这句话一同静止。

在我最美的时候，一个男生要为我拍一张世界上最好看的照片。

我也是从那个时候，开始记住林明朗的样子，后来无数次重叠：他拿着相机，眼睛里有光，他说，应该是这样的，对，这样的，很好；他带着我去拜访一些名家，站在一旁深锁眉头，出来的时候安慰我，要我再耐心点，再耐心点；他只在暗房里唱歌，啦啦啦非常高兴，他把照片全部夹在平台的晾衣绳上，把眼睛藏在照片后面，眯起眼睛感受透过来的光线。

林明朗甚至说每一张照片都是需要晒太阳的。

这些美好的事情都是在易南的引导下被我一一回忆起来的。易南是个女作家，某一天她找到我，她说她想为林明朗写本书，想找我寻找素材。我当时就回绝了她，我不想再去想林明朗，我有我自己新的生活。

再后来有一天，易南背个巨大的背包来到我家，她从包里掏出厚厚的笔记本，各种剪报，杂志摘抄，关于林明朗的种种，她甚至还找全了林明朗为我拍过的所有照片，整整一千七百四十二张，堆在桌子上挡住了我的脸。

那一次我在办公室哭成泪人，后来被报纸写成“被某富豪遗弃，在私家侦探面前哭倒在地”，如果易南没出现，就不会有人知道我在梦里都梦到林明朗站在我面前，他独自站在那里，不理我不跟我说话，不给我拍照。

在回忆这样伤感的旅程中，我带着易南往回走，她是一个非常好的旅伴，我有困惑时给我非常好的答案，往事精彩的时候报以掌声，还会小心提醒我回忆里忽略的部分，她很细心，也很温柔，是跟我完全不同的女子。

我们相处了一段时间之后我非常喜欢她，那一年我二十八岁，青春已经不在，我是一个过气的三流女明星，因为林明朗，我遇见易南，然后生活再次变得充沛丰盈，我也突然发现，许多年来，真正叫我开心的那些事，原来都是跟林明朗有关的。

我们从照片的日期开始细数，第一张照片是我跟林明朗初次见面，分别的时候我站在饭店的门口纯白地笑，最后一张照片是张电影剧照，我演一个失忆的女人，站在大雪纷飞的苍茫街头。照片一共有一千七百四十二张，易南说，这就是一千七百四十二个故事，也是一千七百四十二份感情，易南说，摄影师在拍照的时候一定是定定爱着他的模特的。

她说这句话的时候有一瞬间的走神，我想她是被感动了，只有迟钝如我，已经有人明白地告诉你，这是多么美好的事情，我还是呆在那，眼睛一眨不眨，像是根本没听见那句话一样。

我有时候很羡慕易南，她与我相仿年纪，在应当读书的时候读书，应当恋爱的时候恋爱，少女时代经历过各种情愫，与异性的接触从无到有，从有到渐渐明白，再到看透。当我们睡在一起，对着黑暗听她娓娓道来，她本是淡定的女子，但一说到精彩处仍是克制不住，仿佛多年前我们一同参加选美比赛的玩伴，一说到出名几乎要跳起来。

我于是想到我自己与之相比简单苍白的青春，我也有过许多男人，最开始的时候有一些男孩，然后飞快地告别青春期，大约十八岁开始，身边是千姿百态的男人，其中也包括林明朗。后来林明朗说，雅鹿，我们可以尝试着在一起，那样我能随时拍到你。我于是就搬去跟林明朗住，我以为，林明朗最爱的其实是拍我，是拍照本身，我只是个模特，等他拍腻了，就会离开我。

我们同居的过程中，我还跟其他的男人来往。艺术家、导演、男演员、歌星，这当中大部分人都已经销声匿迹，直到后来我遇见黎春，他说要捧我蜚声国际，我已经不再年轻，已经很难再遇见这样的机会，于是我决定离开林明朗。

那时候我们在一起已经六年，现在去想会觉得六年是多么长的一段时间，但是当时却想不到珍惜，我的想飞之心，我多年来躁动的想飞之心领导着我的一切，所以我告诉我自己，我必须离开林明朗，我一定要离开林明朗，他已经成为我的锁。

分开的那天，林明朗很平静，他要求给我拍一张照片，于是我站在我们家的电梯前，提着一个大大行李站在那里。那张照片在易南的照片里编号是1720，已经接近末尾。那张照片里，我的表情很高贵，似乎在蔑视眼前的一切，当我再次翻看到的时候，忽然哭了，我觉得这张照片很悲伤，很悲伤很悲伤，是我拍过的照片里最悲伤的一张。

那一刻我忽然想起拿起相机拍我的林明朗，那一刻的他，究竟是什么样的感觉呢？

我这样想，于是脑海里就会出现无数的林明朗。易南说得对，每一张照片都是一个故事，每一张照片，与我相对的，都是林明朗。他躲在镜头里，我能看到世界上千万人，他是不是只能看到我？我在镜头下，我有千万个表情，而他究竟是不是在微笑？他总在拍别人，把别人装进相机里然后留在时间的某一处，他想过留住自己吗？

我寂寞的爱人，他留得住世界上最美好的瞬间，却留不住他自己。

易南这时候突然说，她给明朗写的那本书，要取个名字叫《他的影子》，我啊还有他合作过的那些艺人，都是他的影子。

我没有说话，从KTV出来我们在四环上驾车飞驰，我一直很恍惚，细数从头，泛滥感情，我不知道我是怎么了，也许我真是老了，我的光芒不在，我变得琐碎与念旧，于是回忆，回忆里只有一个林明朗，他是纯白的，他是干净的，他是唯一美好的。

就像他跟我说要拍一张世界上最美的照片给我那样，他二十二岁了还会说这样的话，他真的就是不属于这个世界上的人。

我微微叹气，易南看着我，也微微叹气，她拧开车里的电台，电台是一首不知名的歌，我闭上眼睛又睁开，眼前的车窗是一片黑暗，远处星星点点是我们的城市，我反复思量，终于开口。

我说："明朗，我要为你拍一张照片，我的眼睛就是相机，我的眼睑就是快门，我眨一下眼睛你要微笑，我再眨一下眼睛你要定定看着我，你看你多年轻，你看你多好看，你看你是多么干净的少年，明朗，你不要动，你站好了，你看着我的眼睛，你看着我的镜头，微笑，对，微笑，好了，明朗，我要珍藏这张照片，在我心里的那个黑房重印，然后就挂在那里，你一定能看到，因为你也住在那里。

我慢慢地说完，只感觉到车子缓缓停下来，易南下车，我跟过去，易南不看我，她叫我的名字，她说，雅鹿，让我告诉你一个秘密。

公路上吹过来杂乱的风，我的头发跟着也就这样乱了，我这才第一次发现，原来她说话的样子这么像林明朗。

[Side B：辛易南]

明朗，这个晚上我还是有很多话想要跟你说。

与以往不同，这可能是最后一次这样打扰你，我明天就会开始为你写那本书，我的准备已经完成，不用过多久，很多人就会知道你，你的一切，你和你的影子们的故事。

我今天晚上要跟你坦白，来讲讲这一年来发生的事情，我还要讲一讲杨雅鹿，是的，就是那个你爱的杨雅鹿，我找到她，她帮助我完成所有资料的收集，你死之后，你最黄金的那几年，就只有靠着她的回忆才能拼凑，补齐，再回来一次。

我也承认我怀有私心，把杨雅鹿看作情敌，并且窥探你们的过去。我很想知道，你一直喜欢着的女孩子，当她不在杂志封面上，不在电视里，不在电影银幕上的时候是什么样子，她真人是不是比较漂亮？她有什么小毛病？她有什么地方是值得你喜欢的呢？

又或者我是替你不甘心，我想验证我的论断，你看，你到死还在想着你女人，早就已经把你忘得九霄云外，仍旧风流快活着呢。我想，那样你也就能及时悔悟，能再多喜欢我一点。又如果我的论断错了，她想着你，那我想，你也能少许慰藉，舒展开眉头。

我第一次看见她是在她的经纪公司，她很漂亮，年轻的时候可能更漂亮。我很委婉地向她提出要求，她当时就拒绝了我，她是一个看上去无比坚决的人，但是我说出你名字的时候，我感觉到她的心像被人捏了一下。就像我在巴黎那个下雪的夜里看见你醉倒在街头一样，心被人捏了一下，几乎站都站不稳。

于是我第二次去看她，带着我收集到的有关于她与你的一千七百四十二张照片，很叫我惊讶的是，她竟然准确说出这个数字，然后我从包里把那些照片一沓沓放到她面前的桌子上，我放得很慢，我一直观察她的反应，那一天，后来她哭了，成年之后，我很少见到有人那样哭过，她身体一直发软，扶也扶不起来。我感觉到她对你的爱，可能她自己还不曾察觉。

明朗，讲到这里你是否应该开心呢？或许你又会怪我，去搅乱杨雅鹿平静的生活。可是我觉得，如果我不带着她走完这个伤感的回忆之旅，那么我们三个都不快乐，你无法知道她的感情，她无法走出自己看不见的囚笼，而我，这辈子都将耗费在一些无用的愚蠢的毫无意义的幻想中，变成见不得别人快乐的人。

我与杨雅鹿的回忆很顺利，因为我收集了那些照片，似乎从你遇见杨雅鹿开始，你就很少再跟其他的人合作。那六年，你就在拍她一个人，从春天拍到夏天花开，从夏天拍到冬天飘雪，她真美，年轻时候更是美得难以想象。你知道吗，我每看一张照片，就仿佛看到你的脸，你躲在镜头后面，你很开心，你有些痴迷，你甚至不能停歇。

我有些庆幸杨雅鹿是那样功利与迟钝的女子，她如果有我一半敏感，绝不会离你而去，当我后来把我当成她，给她一段段讲那些过去，那些感情，那些她可能永远也无法察觉到的事情之后，她也并没有后悔，她只是悲伤，我偶尔也很羡慕她，她的没心没肺，她不知道悲伤从哪来，因此也不用担心要让悲伤到哪去，她唯一知道的是，最爱她的你，已经再也找不回来了。

照片大概看到将近结尾的时候我有些耐不住，变得很烦躁。隔了一段时间我没有再去找杨雅鹿，怕一见到她就失控，于是说出事情的真相，我想，或许她不知道你已经死去，才是最幸福的事情。这样她的回忆只是有点伤感，而不是只有遗憾。

后来有天晚上我无意看了一个电影，著名的《东京日和》，竹中直人演那个你喜欢的摄影师，他总在拍他的妻子，美丽，敏感，有些小小的病态与忧虑的一个女人。这个电影很安静，很少对白，每一格画面都很美，我无法给你形容，明朗，我无法再给你讲述这样的电影。我看到最后，已经分辨不出我是辛易南还是杨雅鹿，已经觉得你出现在面前，拿着相机，从各个角度拍我，你爱我，你想把我的每一个样子都留在时间里，变成永恒。

明朗，我刚刚送走杨雅鹿。在四环路上，我告诉她这一切，让她从失魂落魄到恍若新生，我想你一直想让她学会的东西，她如今终于能够懂得。

她说，她用眼睛给你拍了一张照片，然后把照片挂在你一直住着的心里。用此来交换她烧毁的那1742张照片。

明朗，她仍是最美的女孩，是你年轻时候的所有美好，明朗，你要开心起来。她不会再像从前一样了。

明朗，这是我最后一次像个病人一样喋喋不休地跟你说话了，明天之后，我要给你写一本书，我比你要更守承诺。在巴黎的时候，我说过要写一本书给你，现在我正在写，你说过要拍一张世界上最美的照片给杨雅鹿，可是你现在在哪?

好了，还有一点篇幅，我想留给自己，让我讲一讲我自己，讲一讲我和你的故事：我差不多十六岁的时候开始知道你，我喜欢一个明星，然后喜欢上你的照片，那时候你刚出道，十九岁，报纸上写你将是未来世界级的摄影师。

我于是开始关注你的一切，买来各种杂志，最先去翻看的都是摄影师的名字，到最后，我已经不用去看名字，只看到画面，我已经知道，什么是你拍的，什么不是。

后来有一天，突然出现个杨雅鹿，她太美了，我看出每一张照片你所倾注的感情，那时候你二十二岁，正是应当恋爱的年纪，每天夜里我都焦虑得不能睡去，我是个什么都没有的小女孩，我不知道我怎么样才能靠近你。

你一拍杨雅鹿就是六年，六年里感情丝毫未见减淡，我想我今生爱你无望，于是出国，去了一个没有你也没有杨雅鹿的世界。却又没想到两年后在巴黎街头遇见你，你喝得烂醉，已经很久没摸过相机。

我把你带回家，安抚你睡去。你醒过来，你不说你是谁，我也装不知道。我们是两个相遇在异乡的中国人，我给你女人的温柔，你填补我青春的空虚。你不提过去，从哪来要到哪去，你叹息我也叹息，你游戏我也游戏，我那时候想，就这样，哪怕就这样，也是非常幸福的事。

那是我一生中最美好的半年时光。尽管没有一点浪漫的细节，没有一句甜言蜜语，你甚至没有为我拍过一张照片。我这是觉得你看着我，就是镜头对着我，你眨一下眼睛就是给我拍照，我这么想着欺骗我自己，明朗，这回忆又让我无法继续下去，也许所有的故事都是突然结尾的。

你也没有告诉我，就突然从三万英尺的高空中坠落，不是吗?

明朗，你没能给我拍一张照片，我会恨你一辈子的。

[Side C：庄 宁]

1998年的时候，我在一家门户网站任职，这年年底我们开始清理前几年的免费个人空间内存，这是一项非常有意思的工作，因为能窥探到别人的隐私，许多人都会放非常重要的东西在空间里，我们轻轻点击一下"delete"就让一切都消失不见，我的一个同事说，我们这简直就是在抹掉许多人的过去与记忆啊。

其中有一个站叫我们都很惊叹，站的名字叫"东京日和"，这个站全是照片，大概有五千张，这也没什么，厉害的是这五千张照片都在拍一个女人，是个过气的女明星，从她很年轻的时候一直拍到美人迟暮，有个好事的同事一张张看过，她说到了后面几乎有两千张照片都是偷拍的，被拍的人根本不知晓，所以表情才那么自然，那些照片才那么美。

这些照片其中有一张，是一个女孩子站在KTV的大堂上，她瘦瘦小小的，表情非常安静，正在侧耳倾听什么。他们都说这是世界上最美的一张照片，你甚至能感觉到拍照的时候那个摄影师的心跳，他在喘息，他很紧张，他爱照片里的女孩子。

那个摄影师的名字我们也查到了，叫林明朗，他三十岁那年坐飞机从巴黎回北京，那架飞机后来坠毁在广袤的西伯利亚平原上，机组人员总共一百五十七人，无一生还。

后记 写作就像开口梦

如果有一天，被人问及年轻时候的际遇，有一件事情虽然至今仍像一个梦，但不能不提。当书本翻到这一页，写作者与读者产生了这种联系，或者说当阅读这本书成为你的际遇，这其实是从另一个际遇开始的。

2003年春天我十九岁，因为种种原因，已经变成一个时常绝望的人。两年前我坚信读书无用，待在学校里百无聊赖，我勇敢地跟他们说拜拜，转过身却发现人生更大的难题——似乎没有路可走了。

好吧，没有路可走就慢慢自己走出一条新的路，或者直接飞到天上去，抱着这个念头我开始渐渐了解这个世界或者我自己，我挠破脸皮或者戴着不同的面具，混迹不同的地方，遇见烟花少年，遇见粉红女孩，遇见一个又一个自己，遇见梦想让我离开了故乡。

我去了南方，像一个囚徒一样，整天画画，一条直线画一个星期，另一条又是一个星期。在南方常常落雨的夜里，我常常想念家乡与过去，想念在街头奔跑的日子，那时候我有一本黑色的日记本，我每天都在上面与自己交谈，告诉自己为了梦想要坚持，后来有一天，有个姑娘写信告诉我，家乡的桃花开了，我打算逃跑，在漆黑的路上，我不知道能去哪里，只能又逃回去，咬牙再坚持。

在我的人生里，因为我不再生长，所以我总是逃走，又不知道能去哪里，只能又逃回原地。

后来南方不能不告别，也等于宣告着我画漫画的梦想破灭。我带着三百块钱和那本黑色日记逃了回来，用三百块钱请了来帮我洗尘的兄弟们吃饭，黑色日记连同读书时候写的几本，一齐烧掉在河岸边。

我又掉进黑暗里，又回到本来的人生，每个白天都在梦里唱歌，每个夜晚都在黑暗里燃烧，凌晨的时候不在喝酒，就在推牌九，我在床下藏了一把刀，我以为我的人生大概也就如此了，这把刀我终有一天要用到的，我觉得。

那把刀后来搬家的时候被我妈当废铁卖了几块钱，我大概今生都用不到了。2003年的春天非典之前的某一天，我去一个女朋友家玩，寒暄中我说我要出次远门，借本书看看，她借了我一本《南风》，我翻了翻，咕哝了一句，这些小东西，我也能写。

说者无意，听者也无心。我就带着那本《南风》去了邻边的城市，旅途中翻了翻，发现自己真的能写，但也还是没想起去写。去那个城市住了十天，我们一行人花光了当时的一笔巨款，回城的时候正赶上非典，全部被隔离了起来，这一关就是一个月，简直是要疯了。

其中的有一天晚上，我突然想起不如写写小说吧，我找来纸和笔，想到一个故事，写了三天，写了出来。

这个故事就是《小彩》，讲一个男孩拯救一个女孩的故事，那不能分辨数目的车票，来自我一个爱集邮的同学。

一个月后我出来，又见到那个女朋友，闲聊中我说我也写了一个，比上面发表的有些可好多了，她说吹牛，拿来看，我再带给她时，她说，还成，没吹牛，这文我收下了。

再过一个月，有天晚上我在某处打牌，输得不想天亮起来，突然接到这个女生的电话，她说中了，中了。

我说中什么啊，输得裤子都穿不上了。

她在电话那头快吼出来，我至今仍记得那狂喜，虽然不是来自我本人。她说，你的小说中了啦，《南风》编辑来信了。

我哦了一声，继续打牌，继续输，继续昏睡到第二天黄昏。我并不知道我的人生可能就此被改变了。

过了几天我又见到这个女孩，她说她用我的电子信箱投稿的，现在对方正在质疑这文章是不是你抄台湾谁谁谁的，确定原创后要给你发稿费呢。

我心里当时好笑，胡乱写的居然还成抄袭名家的。我给那个编辑回了封信，再过一段时间，我看到了杂志，又过了一段时间，我拿到了稿费。

我在另一篇文章里写过，我已是成年人，懂得行路难，懂得实现理想不太易，面前突然出现一条看似平坦的路，当然毫不犹豫踏上了去，我也开始真正明白自己的梦想，并非只是单纯的画画，而是创作，好想要创造一个世界，邀请别人来玩。

因为发表了《小彩》，我陆续写了一些东西，再后来我去广州，做了动漫杂志编辑。这一段时间陆续写些短篇，少年的情与爱，青春的痛与愁，大抵风格不是杂志喜欢并接受的，就一直放着，或者放到网络上。

我离开广州，重新回到过去的生活，有一天在舞厅里突然很想写一个关于两个好朋友与一个女孩的故事，这个横跨三十年的小说《落水森林》写到了我的将来，我成了一个独自居住没有声响的外地中年男人，在一个昙花开放的夜晚遇见一个跟当年爱人很像的女孩……

这个故事我十七岁被关起来的时候写在纸上七万多，后来找不到了，在广州又写了六万，又丢了。后来的每一年，我都有重写的计划，但都无法实施，关于未来，我忐忑不安，不知道如何落下笔去。

在家里过了个年，发现事过境迁，属于我们的精彩早已经不在，一代精英散到四面八方，出来吃个饭一桌人都聚不齐。

其实有的时候，我总觉得出来寻找梦想倒像个借口，只是旧地衰落，年华枯败，我无所适从，不得不逃出来，而逃出来总要找点事干，总要给人生打一针强心剂才能继续活下去。

我又去了杭州，拉了一帮人，开始做青春文学杂志，每天加班到凌晨两点，后来病倒，人生一直肆意放纵，偿还的时候到了。

回老家住院，小护士以为我是外地人，我半夜常常溜出去打牌，过几天听说杂志社解散了，家乡的舞厅里许多消失的人又突然出现，在南方湿冷的夜里，我喝醉了酒，决定要写下去，要写下去。

病还没好我又跟父母吵架，自己搬出来住。我住在一幢旧公寓的六楼，三室一厅，但是家里只有一张床，一张写字台和两个布沙发。日子变得有些艰难起来，盖的被子是我表哥的，手套是别人送的，穿着段况白的AD外套，花的是朋友的钱，我每天都处在一种绝望而又哀伤的情绪中，为我的倔强与不妥协付出代价。

甚至没有电脑，开始重新手写的日子。我在A4纸上蘸着黑色英雄墨水写，冬天太冷，没有暖气，伸不出手，我写几个字停一会，就这样写了一个小说，名字叫《跟踪之马路天使》。

这时候绝境逢生，我的另一本长篇《四城》得以出版，午后落了一场雪，我一个人坐在肯德基，突如其来的喜悦竟然无从与人分享。

从《小彩》到《四城》到《破碎之花》，再到《跟踪之马路天使》，我真正开始了写作生涯，一直到今天，我二十二岁，辗转各地，生活支离破碎，惟有笔耕不辍 ，算是人生的一点亮色。

跟踪系列是这期间的产物，从2005年初来到上海，到至今仍未离开这浮城。我攥着那张手稿在一个深夜里无法入睡，这本是一个简单不花哨的故事，正因为简单，它也来自内心，无数条过去的街道与夜晚，还有女孩闪亮的眼睛。

我终于发现自己与过去的距离，知道再也回不去从前，只徒有怀念。有一个故事在我的心里，有如这本书里的“我”的计划，开始悄悄蔓延开来。

首先都是关于跟踪的故事，它是支离破碎的，却又是完整无缺的。它开始在某一页，也可以在任何一页完结。

然后它是关于秘密的故事，它是神秘的，隐晦的，它充满了奇妙的符号，却都有同样的解答，它可能要让你反复揣测，秘密它来自人的心，人的心虽然千曲百折，却只容得下单纯的自己。

它也是关于青春的故事，在不了解这个世界之前，在了解了这个世界之后，我们为什么快乐，为什么痛苦，我们为什么会哭，青春太像有去无回的旅行。

并没有想好故事的起承转合，人生总有巧妙的契合，这是编造不出来的。从1998年到2006年，这几个故事，这些人，其实是一个巨大的组合，“我”通过回忆去寻找自己，每个人其实都在寻找自己，或者做个最真实的自己。

陆陆续续写了一年半，改了三个月，终于打通整个故事，也想明白自己到底是在写什么，是想说些什么。

当然，其实当这几个小说变成一本叫《跟踪8》的书，当它拿到读者的手上，其实我怎么想，我也许想过读者怎么想，已经都不是那么重要了。就好像过去无法留住，青春只能纪念，人生必须向前一样。这个后记的初衷，也不过想混乱地诉说我曾经的处境，写作的心境，好让人能有个揣测的框架，不至于扭曲它真实的面貌。

我一直认为创作者与读者的关系，作品并不是桥梁，而是屏障。创作者肯定有所想表达，但他又未必知道是谁在屏障的另一端，读者肯定是能在作品中读到什么，但那多半来自于他自身的认知，这是奇妙的东西，也正是创作的奇妙所在。我们一定有什么千丝万缕的关联，也许被忽略，但它们一定存在。

一想到这些存在，其实写了什么也并不是那么重要。重要的是某个夜晚，你因为这本书无法睡去，或者某个瞬间你读这本书有片刻的出神，又或者读完的某一天，书中场景出现在梦中。

这一切就好像我十七岁在家写《落水森林》，我不知道我在写小说，我只是内心苦闷，无法排解，学校像我的一个噩梦，我必须在梦里面对它。

就好像我十九岁每个夜里的夜游，街道上开过车，天上落下的雨，不知道从哪飘来的雪，天一亮它们再也寻不着，好像梦醒了。

好像我二十二岁深夜因为一个梦突然醒过来，梦的内容太离奇，可是里面的人却如此真实，我是见过的，我是爱过的，我是失去了的。于是我知道，我是在一个梦里醒过来。

就好像这本书，跟踪也是一个梦，当你发现真相，就是一个梦醒了，但同时，你又在另一个人的梦中。

这种连环，好像数字8“睡”过来，无限大，是无限的事情。

我在第二本书里说过，小说是没有尽头的事情，每一个故事都有无数种的变化，每一个变化都能无限延伸到更广阔的空间。

到了这里，我又觉得写作就像开口梦，你无法得知你会做什么样的梦，只能在醒的时刻说给别人听，或者是你不记得，只记得你有个梦。

我们都是说梦的人，或者听梦的人。

小说是这梦的本体之一，让我们得以相互联系，哪怕隔着屏障，只要有某一时刻能听见彼此的呼吸声，就已经是幸福。

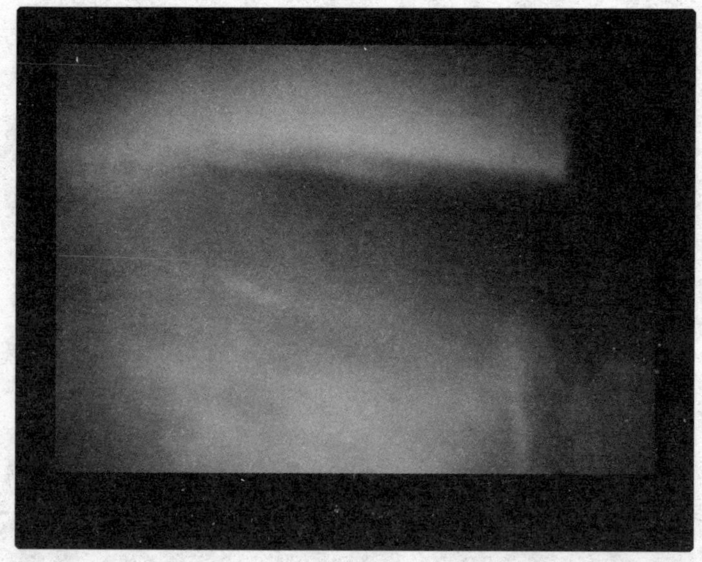

Alice in Shanghai
2003 Summer

Yi nan in Paris
1997 Winter

Xiao shuang in Misty City
2001 Summer

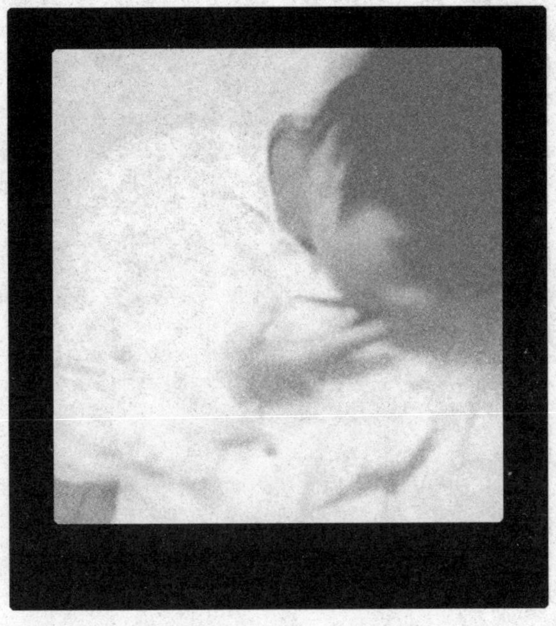

Xiao shuang in Shanghai
1999 Spring

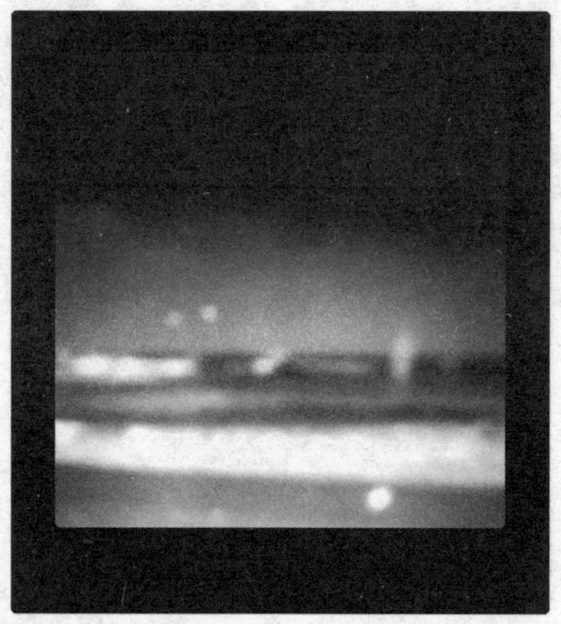

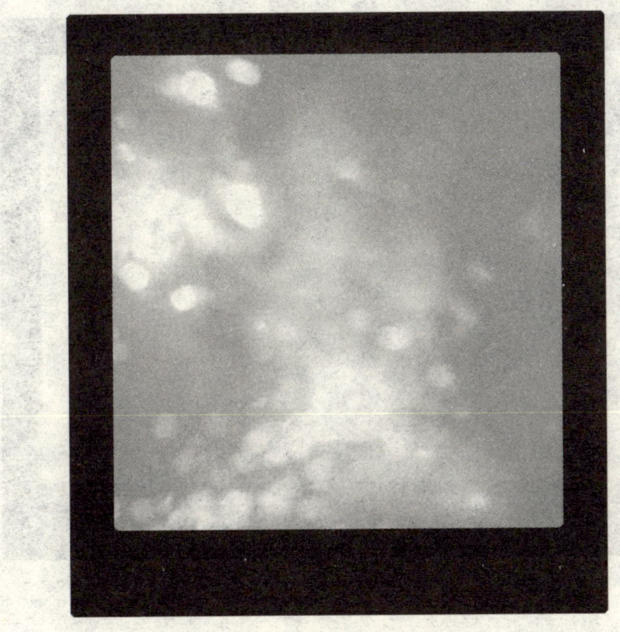

White in Shanghai
2004 Winter

图书在版编目(CIP)数据

跟踪8 / 艾成歌著. -上海：上海人民出版社，2011

ISBN 978-7-208-10396-2

Ⅰ. ①跟… Ⅱ. ①艾… Ⅲ. ①长篇小说-中国-当代 Ⅳ. ①I247.5

中国版本图书馆 CIP 数据核字(2011)第230661号

出品

出 品 人　邵　敏
责任编辑　邵　敏　袁舒舒
插　　画　谢翔@candyer
装　　帧　艾小歌@candyer

跟踪8
艾成歌 著

世纪出版集团
上海人民出版社出版
(200001　上海福建中路193号　www.ewen.cc)
世纪出版集团发行中心发行
上海景条印刷有限公司印刷
开本 889×1194　1/32　印张 7.5　字数 182,160
2012年1月第1版　2012年1月第1次印刷
ISBN 978-7-208-10396-2/I·949
定价 23.00元